Dafnis · Lyrisches Porträt aus dem 17. Jahrhundert

ARNO HOLZ

DES SCHÄFERS DAFNIS FRESS-, SAUF- & VENUS-LIEDER

HERAUSGEGEBEN UND MIT EINEM
NACHWORT VON
BURKHARD MOENNIGHOFF

HAFFMANS VERLAG

Satz: Fotosatz Reinhard Amann, Aichstetten
Herstellung: Offizin Andersen Nexö, Leipzig
ISBN 3 251 20342 8

Des berühmten Schäffers

Dafnis

sälbst verfärtigte/unter dem Titul
OMNIA MEA
fürmahls ans Licht gestellte
und von ihme mit einem lästerlichen
Nohtwendigen Vorbericht
an den guht-hertzigen Leser
lihderlich verunzihrte/höchst sündhaffte
Sämbtliche

Freß- Sauff- und Venus-Lieder/

vermehrt und verbässert
durch vihle biß anhero noch gäntzlich ohngetrukkt
gewesene/benebst angehänckten
Auffrichtigen und Reue mühtigen

Buß-Tränen/

vergossen durch den sälben Auctorem/
nachdäme dihser
mit herein gebrochenem Alters Gebrest
auß einem *Saulo* zu einem *Paulo* geworden/
gesammblet/colligiret/
sowie mit einem nüzzlichen Fürvermärck versorgt
über die besondre Lebensümstände
des selig Verblichnen/
allen Christlichen Gemühtern
zu dihnlicher Abschrekkung bekant gegeben/
inssondre der schwanckenden Jugend/
durch *Selamintem.*

Konstantinopul & Zürich
getrukkt in dihsem Jahr

Carmina non prius audita
Musarum sacerdos
Virginibus puerisque canto.

Horatius Flaccus

NOHTWENDIGER VORBERICHT AN DEN GUHTHERTZIGEN LESER

Wer in seiner grünen Jugend hat wohl nie den *Pegasum* geritten? Dihses ädle Thier ist seit *Olims* Zeiten/inssondre seit der lihbe Herr *Opitius* uns durch seine kluge aber zihrliche Leyer von denen schrökklichten Schulmeistren befreyt hat/dermahßen hergenommen worden/die Pritzschenmeistrische *Poëtastri* und Wortefolterer haben sich mit Reveräntz zuvermälden/so Hümpelweis an seinen Schwantz gehänckt/daß es fast Verwundrens ist/wie das geqwählte Lufft-Pferd nicht schon lengst seinen letzten Othem von sich gegäben.

Dannenhero hätte auch ich es fürgezogen/meine schlächten Mißgebuhrten billig unter der Banck vermodern zu lassen/alß meine wenige Fehder durch den Trukk ans Licht zu gebären/wenn einige lose Leute/die ihre Weißheit mehr dem *Ovidio* alß denen *Scriptoribus Sacris* verdancken/meine einfältige Wihsen-Lieder nicht schon auff allen Märckten und in den Schäncken sängen.

Sich auf dihse Ahrt bey der *Posterität* fortzupflantzen/erachte ich aber for eine eusserste Gefahr. Der *Vinum terribile* zu Teutsch Land-Wein verkehrt seine *Momus*-Brüder nicht blohß zu stinckente Huren-Jäger und Ehebrecher/er bewegt sie auch gleichsahm nur allzu offt/unter die zihrlichste *Inventiones* ihr eigen albres Gemächte zu mängen; wordurch dan auß einem vihlleicht lobwürdigsten *Pindus*-Rösgen im Huy eine Sau-Distel geworden.

Homerus/der Kayser aller griechischen Tichtmeister/wäre so heut seinem eignen *Eumaeo* gleich/hätte er es for klüglich erachtet/uns seine ohnstärbligte Arien nur durch die Gurgeln solcher sich blizz-blazz voll gesoffen habenter *Susannen*-Brüder zu vermachen; und gar von des ohnvergleichlichen *Maro* göldener *Eneïs* wäre kein Fäzzgen mehr gantz/wenn dihser *Venus*inische Adler aller Boeten es sich nicht hätte verdrüßen lassen/seine mit zihmlichem Fleiß verfärtigte Libligkeiten – wie beym *Plinio* gebührlich nach zu läsen – *Syllaba* for *Syllaba* in gleichsahm wäckserne Täfelgens zu ezzen.

Kortz/ich will itzt meine boetische Kinder/nachdäme ich ihre Vatterschafft vor der gelährten Welt nun doch nicht mehr abstreitten kan/allen der Teutschen Boeterey vernünfftigen Lihbhaberen zu sonderbahrlichem Gefallen herfür und an den Tag gegäben sehn/nicht wie sie zu ihren Zincken/Krumbhörnern und Cythren jene söffische Nacht-Raben im Blauen Frosch oder im Nakkten Bauch brüllen/sondren wie ich sie fürmahls in meinem blühenden Frühling /alß Justgen noch ihren Zahn hatte und Pärlindgen noch an jener Ekke wohnte/nicht ohne Vergnügen gemacht habe.

Ob wohl ich über die erste Kützel-Jahre lengst hinauß bün/ob wohl dihses schwartze Falten-Kleid/daß schon *Lutherum* gezihrt/dihsen schorbigten Mahden-Sakk nunmehro gnädigst fast ins dreissigste Jahr däkkt – die Pesth-Zeit darbey einberechnet – so bekänne ich doch gern/daß ich stähts mit grosser Lust frölig war. Der blawe Himmel/die kleine weisse Anemonen/der Bäche Silber-Fluß/der bundten Fehder-Singer Hertz-zwingente *Musica* sind mir sälbst heute/wo mein Fuhß bereits wanckt und die Hahre auff meinem Haubte beginnen gezählt zu werden/noch ümmer allzeit *recreationes animi.* Und möchte ich drümb spähter auch ins hellische Fewer geworffen und zu Aschen verbrännt werden – ich weiß es wohl/der for uns am Creutze gehangen/wird daß nicht zu lassen – so *stipulirte* ich trutzdem: ich halte dihse Ahrt Fröligkeit for eine rächte Gemühts-Artzeney!

Johanna Catharina Barbara/der ich von meinen sächzehn Söhnen – vier läben noch – die erste sihben dancke/habe ich auff ihrem Hügel äben sovihle Rosen-Stökke gesäzzt und mein altes Hertz freut sich/wenn morgends im *Junio* bey lihblich herfürbrechenter Morgen-Röhte das runde Himmels-Naß vergleichbar fast Pärlen dran hanget. Sollt ich drümb drauern/daß sie schon sälig ist? Der HERR hat sie mir gegäben/der HERR hat sie mir genommen/der Nahme des HERRN sey gelohbt!

Marianne Charlotte Elisabeth! Deine Hände auff mir ruhten weich und dein zahrter Leib schänckte mir von meinen Söhnen – von meinen Töchtern räde ich nicht – die nächsten sechs. Ümb dein Grab stehn Lilgen und über ihm/abens im Mandel-Baum/wenn der silbre May-Mohnd gleichsahm wie auß unsrem kleinen Kürchlein scheint/singt der Vogel Kiwitt. Sollt ich mich drümb mit Thränen blagen/daß du schon Oben auff mir wartest? Der HERR hat dich mir gegäben/der HERR hat dich mir genommen/der Nahme des HERRN sey gelohbt!

Concordia Beate Emerentia! Du gebahrst mir die übrige drey/und so der HERR will/druckstu mir mahl die Augen zu. Sollt ich schon itzt mich drümb verschrökken?

Ich weiß/daß mein Erlöser lebt!

»Meinen JESUM lass ich nicht;
weil er sich for mir gegäben /
so erfordert meine Pflicht /
Kletten-weis an ihm zu kläben.
Er ist meines Läbens Licht /
meinen JESUM lass ich nicht!«

Möchte aber einem nihdrichten/nichtsnüzzichen *Zoilo*/auß dessen unlihblichen *Phrasibus* der gestern getrunckene Broihan rülpst/beyfallen/daß ich mich dermahlß zu vergnügt gezeigt und daß/wie dem *Aeschylo* seine Tragödien allzusehr nach der *Bouteille* geschmäkkt/so meine *Bucolica* nach der *Venus* röchen/so *recriminire* nur/daß schon *Salomo* in seinem *Canto Canticorum* nicht die Buhlerin Abisag vermeynt hat/sondern das Newe Jerusalem. Also habe auch ich nie die zerlumpte und außgeflikkte Pauren-Magd/des *Marsyas* Tochter/*Mopsa* auß *Frygien* vermeynt/sondren stähts nur die Dame *Sophia*; zu Teutsch die Aedle Weißheit!

Mollinchens Cädern-Leib/der Nivula vollkommentliche Brüste/Laurettens Spihl-Krystalle sampt aller übrigen verlihbten Materie/sowie jene haarichte Wald-Gespenster und verwunderliche Meer-*Monstra* waren mir nur *Repositoria Apollinis*. Nicht/weil ich mich dardurch in das *Concept* einer geschikkten *Person* sezzen wollte/sondern auß *Modestie*. Denn jene ungesalzzte Witzdölpel und Bappihr-Beschmizzer/jene neue eingebüldete Klüglinge/die da meynen/man könne alles/auch ohne das kluge Alterthum/gleichsahm auß seinem eigenen *Cerebello* zihn/sähe ich mit dem berühmbten *Scaliger* lihber for Pikkelhäringe/denn for Boeten an. *(C'est entre nous!)* Alle gescheute und *civilisirte* Gemühter werden solche tölpische Ertz-Bärenheutter mit großer Hertzhafftigkeit verlachen. Es ist ein tieffer Sinn/daß die *Gracien* nakkend gehn. Hoffe demnach gäntzlich/man wird meine wohl-gemeynte *Metaphores* nicht for grohbe *Realia* nähmen und in meinem schlächten Buche nicht fünden/waß GOTTES Wort oder der Augspurgischen *Confession* zurwihder lieffe. Die mir von Natur ankläbenten Fehler habe ich nie zu verbergen gedrachtet/aber ich bün kein dorckelnder *Silen* und halte den *Parnass* nicht for einen Sau-Koben.

Sollten jedoch wihder Verhoffende die Pharisäische

Mükken-Fänger und Sadduceische Cameel-Verschlukker/dihse *Ornamenta Germaniae*/die nicht mehr Hirn in ihrem Kopff haben alß eine Märtens-Gantz/auß einem vihlleicht zu nachdrükklichen Bey-Wort die *Occasion* suchen/mich mit ihren verleumbdischen und stachlichten Ottern-Zungen auß dem majestätischen *Musen*-Saal unter die Sakk-Pfeiffer und Orgel-Dreher zu drängen/so dörfften dihse Licht scheuente *Anonymi*/dihse höchst gelährte Kaninichen sich füglig fürsehn for ihr auff geworffenes Wurst-Maul; sintemahlen es eine besondere *Force* meines *Naturells* ist/daß ich die göldene Heer-Trompete nicht minder zu blahsen verstähe/wie die buchserne Flöhte.

Die Guhtwilligen aber/denen ich mit Verschweigung ihrer Vorzüge nichts an ihrer Würde entzogen haben will/wollen bedäncken/daß die Versche/die ich hihr alß *Errores juventutis* mich nicht scheue ihrem *Judicio* zu unterbreiten/blohß meine schlächten sind.

Die guhten habe ich for mir
sälbst behalten.
Adieu!

ER BROHBT ERST SEIN
Säyten-Spihl

Qwodlibet.

Dreyssig Jahre/Krieg/dein Grauß –
Gott sey Danck/die Zeit ging auß/
Teutschland pflanzt sich wihder Aehren;
seine Zweytracht stieg zu Grab/
unter nichts wie Freuden-Zähren
warff es seine Waffen ab!
Mars/dein Morden
schnob fürbey/
deiner Horden
sind wir frey!
Statt wo sonst blohß Kugeln flögen/
wölben sich die Friedens-Bögen!

Himmel/Heu und Haberstroh/
bey sothanen Dingen
sollt mir da mein Mongpopo
nicht für Freuden springen?
Sollt ich murrisch und aigrirt
hindterm Ofen sizzen/
itzt/wo alles qwanqwelirt/
daß die Funcken sprizzen?
Nein/von meinem muntren Rohr
reiß ich jeden Drauer-Flohr/
bey Konfäkkt und Wein
will ich lustig seyn!

Süssestes Kathringen/
sing in mein Zythringen!
Mit Flöten und mit Leyren

wollen wir dihß feyren:
Die Fenster haben wihder Scheiben/
weil die Leutnamts Kühe dreiben!
Jeder so in Dorff wie Stadt
küsst sich itzt an Seiner satt/
keiner mehr Bedäncken drägt/
daß ihn wo ein Schnapp-Hahn schlägt!

Vor so fegten durch die Gassen
blohß Cardaunen und Carcassen/
vor so schmetterten und krehten
blohß die Wekk- und Schrekk-Corneten/
vor so kunt man kaum für Rauffen
Grüzz-Worst frässen/Dünn-Bier sauffen!
Itzt so stopfft man sich den Magen
mit Behagen!
Itzt so blahsen uns die Zincken
blohß zum Drinken!
Itzt so übt man früh wie spaht
waß schon *Zeus* mit *Led*en dhat!

Ich finde würcklich dihse Zeit
von außgesuchter Schmakkbahrkeit!

ER LOBT SICH SEIN PURSCHEN-LEBEN!

Ode Jambica.

Mich sah so Leipzig/Wien/wie Prag/
so Rostock/Königsberg/wie Jene;
doch wo ich auch zu drällern pflag/
es ging mir überall höchst bene.
Noch keinen schuf so frohen Sinns
Apoll/der muntre Musen-Printz.

He/Brüder/bräucht euch eurer Zeit!
Sie saust dahin/nichts läßt sich halten.
Die heut blohß Zokker-Rösgens schneyt/
bekränckt euch morgen schon mit Falten.
Zurletzt schlurfft uns ein schwartzes Loch –
fy Teix/wer nie nach Dabakk roch!

Den Bahrt laßt uns zu Zwürbeln drehn!
Sprengt hoch zu Gaul! Jagt in Carreten!
Auff Silber-Schüsseln will ich sehn
Dukahten-Nudeln und Lampreten!
Rosingens wüntsch ich alß Geschlekk/
auch schafft mir ja Canari-Sec!

Auff den belihbten *Pindus* klimmt
man erst nach ohngemeinem Schwizzen/
und schlüßlich/wenn dan alles stimmt/
bleibt man blohß höchstens auff ihm sizzen.
For Sowaß geben wir nach Elff
noch nicht mahl einen Zwiebel-Schelff!

Wo *Bachus* lustig präsidirt
zeigt sich auch bald sein Bruder *Jocus*.

Bauckt auff die Dische/randalirt/
kreischt drey-mahl *vivat* Hokusbokus!
Der eine spihlt das Dideldom/
Der andre auff dem Plomplomplom!

Vergnügter war nicht *Epicur*/
verschmizzter nicht *Anaximander*/
wir folgen Beyder ihre Spur
und würbeln alles durch-einander!
Nur Einer hat für uns das Prä/
der alte Doctor *Rabelais*!

Da/horcht! Schon dröhnt die Mitternacht!
Itzt heisst es: Pursche /Runda sauffen!
Eh nicht *Aurora* Rohsen lacht/
darff keiner in die Fehdern krauffen!
Der fättsten Färckelgens Geqwiek
klingt gegen unsres wie Musik!

O allerschönste Galathee/
wie seelig muß sichs dein geniessen!
Laß deinen weissen Armen-Schnee
ümb meinen Haltz herümber fliessen!
Kom/sizz dich hihr auff meinen Schoos/
ich mach dir beyde Brüstgens blohß!

Harr! Kükkt/die ihr noch nüchtern seyd!
Wog wer schon ähnlichte? Botz Zäpffel!
Störtzt alle nihder/juhcht und schreyt:
Das sind *Hesperiens* Wunder-Aepffel!
Sie rollen hin/sie rollen her/
so herrlich rollt kein Pärlen-Meer!

Laufft! Raufft! Schlagt alles kortz und klein!
Brecht zu den Mäntschern in die Betten!
Dantzt ümb kein Kalb! Dantzt ümb ein Schwein!
Bewindet es mit Rohsen-Ketten!
Zum Leid-dhun bleibt noch ümmer Zeit/
wann ihr erst alt und gräulich seyd!

So klingts bald hoch/so klingts bald tieff
von meiner wohl-bespihlten Laute;
schon mancher ärgerte sich schieff/
sorbald ich blohß die Säyten kraute.
In solchen Scheddeln meiner Treu
rumohrt fast nichts wie Hekker-Spreu!

Obs würcklich einen Himmel giebt/
wie wir auß alten Schrifften lesen?
Mir scheint das zihmlich abgediebt;
es ist noch keiner dagewesen!
Mein Hieber saust/das Pflaster sprüht/
ich bün nicht gern ümbsonst bemüht!

Der Helle drau ich fast schon mehr.
Ich wünschte sie so manchem Lemmel.
Und brillte er auch noch so sehr/
ich schmiss ihm keinen Gnaden-Semmel.
Doch gläub ich trutzdem franck und frey/
auch sie ist eitel Fantasey!

Jedennoch weiß wer nichts genau.
Vihlleicht so brasseln ihre Flammen.
Dan schlägt ihr nichts alß Feuer-Bau
mahl ekklich über mir zusammen.
Doch schlukkt sie mich sälbst würklich eyn –
es wird schon wo ein Schlipploch sein!

ER FREUT SICH/DASS ES WINTER IST.

Ode Jambo-Dactylica.

Der Ofen singt/es schneyt.
Du lihbe Weihnachts-Zeit!
Rükk her/du Traute.
Bey Frost und Feuer-Schein/
zu Moßkateller Wein/
klingt süß die Laute.

Herr *Febus* wird gantz fett.
Er trukkt sein Himmel-Bett
itzt vihl zu lange.
Mars lihß sein Mord-Geschrey/
Bachus/dein Straussen-Ey
macht ihm itzt bange!

Rund ümb den Disch herum
ein *Conventiculum*
sieht man ihn halten.
Wer sich ihm nicht gleich fügt/
dem würd er still-vergnügt
den Scheddel spalten.

Die lihbe lange Nacht/
daß fast die Schwarte kracht/
hört man ihn brahlen.
Volcan brännt Mann for Mann
jedem das Pfeiffgen an/
horcht/wie sie krahlen:

Hannß Thumm regirt die Welt/
for Ulmer Silber-Geldt

kan man sie kauffen.
Daß bleibt ihr bäster *Charme*/
ein rundes Kind im Arm
und Broihan sauffen! –

Itzt will ich frölig seyn/
bakkt mir ein Ringel-Schwein/
darzu Saulaten.
Stopfft es gantz voll Confäkkt/
daß es noch bässer schmäkkt/
hihr drey Dukahten!

Sind denn nicht Mägdgens da?
Ich bün der Padischa.
Bon soir/ Grittgen!
Daß sich dein Hertz erbarm/
gleich drümb so lihgt mein Arm
qwer ümb dein Mittgen.

Du nackte *Cyprie*/
dein runder Feuer-Schnee
hat mich entzündet;
du Milch-gemischtes Bluht/
du göldne Rohsen-Gluht/
dreyn Alles mündet!

Spüzz deinen Purpur-Mund/
Dein Duppel Kugel-Rund
füll mir die Finger!
Verstrikk/verfässle mich/
du kleiner Wütherich/
du Hertz-Betzwinger!

Für einer Marmol-Haut
hat mir noch nie gegraut
ich kans nicht lassen/
fühl ich wo rund ein Knie/
dihses voll *Cortesie*
fäst zu ümbfassen!

Was dihr/du sühßes Bild/
sälbst noch gantz hindten kwillt/
laß mich daß prässen!
Ey/und waß hastu hihr?
Daß ist erst rächt for mihr!
Nichts ist vergässen!

Flinck/lösch die Lichter auß/
weil sich lengst bundt ümbs Hauß
die Sterne drehen!
Noch wenn der Morgen scheint/
soll er uns froh-vereint
bey sammen sehen!

ES FEGT SO GRIMM KALT/
daß er mehr nur noch für seinem Ofen hokkt.

Ode Trochaica.

Itzo/da der Winter meist
nichts wie Schnee und Hagel schmeißt/
draut man sich auß seinem Hauß
kaum mit halber Nase rauß;
denn es sind uns sonst die Ohren
gleich gantz dikk mit Eyß befroren.

Drümb so sezzt man seinen Sinn
auff ein volles Wämbstrichin.
Eyer-Muhß mit Amber dreyn
schlingert man in sich hinein/
und wie süß zum Koffe schmäkken
morgends itzt die Botter-Wäkken!

Karpen/Stintckens/Plötzckens/Hächt/
alles kömbt uns itzo rächt/
Schüncken/Wörste/Sauer-Kraut
und waß man noch sonst verdaut.
Ingwergens und Citronaten
sind itzt gleichfalls wohl-gerathen.

Hat man dan genug gebappt/
fühlt man/daß man kaum mehr jappt/
zihmbt ein Schlückgen Aqwa vit/
weil man nicht den Kirch-Thurm siht.
Doch man weiß/es ragt derselbe
noch ins obre Blau-Gewelbe.

Drauff so drukkt man Dorime
zährtlig auff das Canape/
butzt ihr Schnuhtzgen und enthüllt
waß ihr brall das Mihder füllt;
denn man muß nach solchen Sachen
sich ein Mouvementgen machen.

Ihrer Aeuglein flincker Lauff
fordert uns zum Spihlen auff/
und sie kikkert und sie lacht/
biß ihr pumps/das Bältzgen kracht.
So nur kan man mit Behagen
Boreas ein Knüppgen schlagen!

ER DRILLERT IHR EIN QWODLIBET.

Qwodlibet.

Wie das hagelt/wie das schneyt!
O du angenähme Zeit/
Der Ofen bufft und knallt/
das Feuer in ihm tukkert/
itzt steht der gantze Wald
mit Eyß bezukkert.
Dorillgen sizz dich ans Spinett/
nun drillr ich dir ein Owodlibet:

Juhch Holla Juhch/Sa Sa!
Du göldne *Musica/*
nach der mein Hertz zu jeder Zeit
fast wie Apoll nach Dafne schreyt:
ich gäbe deinen lihben Krantz
nicht ümb die Käyser-Stadt *Byzantz*!
Dihß so jauchtz ich Drallala/
Febus ist mein Grohß-Bapa!

Meinen bundt-verschnührten Rokk
buzzen sihben Krägen/
heut zihrt mich der Schäffer-Stokk/
morgen schon der Dägen.
Heut sizz ich im grünen Klee/
morgen auff dem Canape;
doch offt so trukk ich auch die Bäncke
in einer guhten Pauren-Schäncke/
wo man fidelt/dantzt und stampfft/
oder wo der Knaster dampfft!

Wo brännt der bräunste Brahten/
wo klükkt der klährste Wein?
Mit Ungrischen Dukahten
muß man behafftet seyn!
Kaum fühlt sie meinen Dhaler-Göldt/
gleich dhut sie/waß mir wohl-geföllt.
Ein Küßgen hihr/ein Küßgen dort/
ein Griffgen und ein kleines Wort/
daß ist for meinen Zahn
Vergnügungs-Martzipan!

Ey/ey waß stäkkt denn dorten drin?
Waß seynd denn daß for Oepffelchin?
Subtil sind sie erbaut
und ümb und ümb auß Haut!

Verstatte drümb/Belinde/
daß ich dich zarth ümbbinde;
ich will mich dan auch recht befleissen/
nicht in sie hinein zubeissen!
Frihrt uns/gleich so kriechen wir
in das fehdrige Qwartir/
wo wir uns zur Seite ruhn
und mit Recht vertraulich dhun.

Ihr stuzzt und dhut erstaunt?
Botz Klekk/bün ich kapaunt?
Seyd ihr denn daub und blind?
Bün ich ein Windel-Kind?
Die nichts als kläun und klaffen/
seynd for mich blohß Affen/
dihses abgeschahbte Rohr
hau ich ümb ihr *Midas*-Ohr!

Sich an Mägdgens delectiren/
fleissig sich die Gurgel schmihren/
Mäntelgens auß Sammt und Seyden/
Thobakk fein zu Streiffgens schneiden
Bomper-nikkel und Confäkkt/
alles waß nach *Ceres* schmäkkt/
darzu bün ich stähts bereit/
Dafnis ist for Biderkeit!

Drümb so blahs ich als Damöte
auff der Teutschen Opitz-Flöte/
biß kein Baum mehr über blihben/
der nicht gäntzlich voll geschrihben.
Bräucht die Rose drümb zu stincken/
weil auß ihr die Weßben drincken?
Zoilus/du falscher Wanst/
tichte bässer/wenn du kanst!

SEIN QWODLIBET GEFÖLLT IHR
so außdermahßen/daß er ihr sofort noch-eins drillert.

Qwodlibet.

Neptun/den grünen Greiß/
ümbzwänckt sein Hauß auß Eyß/
itzt sizzt es sich so rächt geheuer
ümb unser lihbes Schornstein-Feuer!
Durch den nichts alß blancken Frost
klirrt der Eurische Nord-Ost/
in den krauß befrohrnen Scheiben
siht man kleine Blühmckens kleiben.

Mars/der nicht mehr drummt und pfeifft/
durch den dikken Dannicht streifft/
Hirsche/Wölffe/Bären/Lüxe/
knallt sich seine Kugel-Büxe.
Venus/mit bereifften Hahren/
sinnt itzt nur auffs Schlitten-Fahren.
Kömbt er Abends froh nach Hauß/
ziht sie ihm den Harnisch auß/
Hasel-Hühner/Löffel-Kraut
stehn schon vor ihm auff-gebaut
und zu einem Gläsgen Wein
Sauer-Kohl mit Pflükk-Hächt dreyn.
Beyde Brüste nakkt und blohß/
sizzt sie sich auff seinen Schooß;
alles ist ihm frey gestellt/
sälbst ihr göldnes Rohsen-Zelt!

Volcan/vergnügt in seinem Rauch/
läßt sich die beyden lihben
und stopfft sich seinen schwartzen Bauch

fäst voll Gänse-Grihben.
Saturnus/der Kalender-Macher/
saufft sihben Eymer Bacharacher.
Drauff so rukken beyde dicht
in das göldne Lampen-Licht
und zu einer Pfeiff Thobakk
spihlen sie dan Dikke-Dakk.

Unterdeß pfaucht immer gröber
Eolus/der alte Schufft/
durch die dikk begraute Lufft
zirculirt ein Schnee-Gestöber.
Puh Teuffel/fegt das kolt!
Ich acht/ein guht Glaß Wein
sampt einer Braht-Worst sollt
ihm angenehm itzt seyn!
Mercur in seinem Laden
verkäufft blohß Honig-Fladen.
Mit Hertzgens gantz auß Kuchen
macht er die Kindgens juchen/
mit Prillekens und Prindten
stopfft er sie voll biß Hindten.
Mit Obst und Confectüren
kan er sie durchaus rühren;
Knakk-Mandeln und Morsöllen –
er weiß schon/was sie wöllen!
Heimlich streichen zu ihm hin
auch die kleinen Jüngffrichin.
Sie sind for Feffergens und Würtzgens/
sie knuppen gerne Nonnen-Fürtzgens/
sie sind mit wenig Worten
for angemachte Torten.
Pallas/das gelährte Kind/
drükkt die Ofen-Banck und spinnt.

Jeden Morgen kombt sie nider/
denn sie tichtet – Mayen-Lider!

Bringstu mir schon Späkk und Worst/
bringstu mir schon Schincken?
Mein/waß blagt mich for ein Dorst/
schaff mir auch zu drincken!
Lilgen/Tulipen und Klee
däkkt itzt Elen-tieffer Schnee/
darbey ohne Warm-Bier seyn
wäre for mir Hellen-Pein!

Bachus/du in deinem Flauß
sihst wie ein Zintz-Hahn auß/
weil deine Nase itzt
nichts alß Rubinen schwizzt!
Erst itzt erfreut dich gantz
die lihbe *Nohä*-Pflantz/
in deinem Sauff-Hauß sizztu da/
ronda di nellula! –
Nirgends mehr ein Weg hingeht/
alles ist fästzu geweht/
und man hört für seinem Singen
kaum noch/wie die Schlittgens klingen.

Juhch Hoscha Holl/
itzt bün ich voll!
Itzt kan ich kaum von deinen Knieen
die schwache Hand zurukk mehr zihen!
Deine außerlesne Jugend/
deine ohngemeine Dugend/
dein wie Spihgel-glattes Kinn
nehmen mich mir selbst dahin!

Schon so sizzen wir verschränkt/
in einander ein-gehänckt/
schon so bün ich gantz vergnügt/
weil dein Mund sich meinem fügt.
Kleine/schnell versezzte Küsse
sind die schönsten Pompernüsse;
nicht zu wenig/nicht zu vihl/
Lihben ist kein Poppcken-Spihl.
Dihser war dir ein Genuß/
bitte nun den Gegen-Kuß.
Ey/botz Klekk/war das ein Schmäzzgen!
Du verlihbtes Löffel-Käzzgen!

Dorillgen/laß itzt das Spinett/
uns wird zu wohl/wir gehn zu Bett.

DASS ES BALD OCULI IST/
drukkt ihme nicht das Hertz ab.

Ode Jambica.

Schon rasen ümb die Erde
Herrn Febi Feuer-Pferde/
schon bohrt sich durch den dikken Schnee
der angenehme Mertzen-Klee.

Darzwischen/spizz und munter/
steht gölber Krokus drunter/
darzu so plinckert schon durchs Graß
der Teich fast wie auß Spihgel-Glaß.

Mercur brohbt seine Leyer/
die Häsgens legen Eyer/
die Tichter tichten allbereit/
Aurora schlipfft ins Scharlach-Kleid.

Bald nahn nun sampt den Störchen
die stähts verlihbten Lörchen/
schon traumt es ihnen jeden-falls
von Krebs-Bluht und von Mükken-Schmalz.

Neptun stieß seine Gabel
in *Amfitrite*ns Nabel/
der Himmel ferbt sich sanfften Blaus/
itzt/Winter/zeuch den Harnisch auß!

Du hast uns sehr gefallen/
drümb lohbt ich dich für allen/
doch itzt/so muß ich dir gestehn/
möcht ich dich gern von Hindten sehn.

ES MACHT IHN DURCHAUSS VERGNÜGT/
daß es schon Lätare ist.

Ode Jambica.

Das Eyß hat auß gekracht/
Printz Febus wihder lacht.
Der Tau-besprüzzte Anger
geht wihder Blühmcken-schwanger.

Der lukkre Schnee zerrinnt/
sanfft weht ein Westen-Wind/
durch Kräutergen und Gräsgen
kukkt schon das Oster-Häsgen.

In nichts wie Sonnenschein
tünck ich die Fehder ein.
Itzt noch ein kleines Weilgen/
und alles steht voll Veilgen!

ER PASSIRT AN IHRER THÜR VORBEY.

Ode Jambica.

Der Winter stirbt im Wald/
deß freuen sich die *Faun*en
und blahsen/daß es schallt/
auff ihren Feld-Bosaunen.
die trühbe Zeit ist hin/
der *Venus* weisse Taube
legt ihre Eyerchin
in *Mavors* Bikkel-Haube.

Der *Thetis* blaue Schooß
ligt wihder frey und offen/
durchs lebhafft grüne Moos
kömbt Qwäll ümb Qwäll geloffen.
Das klükkert durch den Hag
und glüzzert immer döller/
die Welt von Tag zu Tag
wird durchauß Bluhmen-völler.

Schon sizzt vor ihrer Thür
das freundliche Florindgen/
ich spreche höfflich für/
wie geht es dir/mein Kindgen?
Gleich wird sie über roht/
ach/nur ein eintzges Schmäzzgen!
man stirbt darvon nicht dodt/
sie fältelt sich am Läzzgen.

Zwo Marmol-Ballen zwänckt
das allzu dünne Mihder/
ihr süsses Uhr-Werck sänckt/

bald hebt es sich auch wihder.
Sie sprengen fast den Zwilch/
kukk/wie sie sich bewegen/
der *Juno* weisse Milch
ist kohl-pech-schwartz dargegen.

Du duppel Kuß-Altar/
auß dem sich Rohsen krüllen/
bald wirstu gantz und gar
mich mit Vergnügen füllen.
Dan steht mir alles frey/
wekk/du bestirnter Schleyer/
dan kikakt die Schallmey
zu *Tell*ens Hochzeits-Feyer!

ER WILL MIT IHR SPAZZIREN GEHN.

Ode Trochaica.

He/Dorinde/auff die Thür!
Febus lokkt die Kräutter für.
*Floren*s jeder eintzge Schritt
itzt auff nichts alß Sterne dritt.

Pallas mit dem spizzen Kinn/
Pallas wirfft die Bücher hin/
sazzt sich in das dikke Grün/
wo die Zokker-Rösgens blühn.

Selbst *Proserpina* zerschlug
lachend ihren Threnen-Krug.
Zefirus/der geule Bokk/
kreucht ihr fast biß untern Rokk.

Pan rennt wie ein Zausel-Beer
hindter seiner *Syrinx* her/
biß er bruhstend sie erwischt
und mit ihr sein Hertz erfrischt.

Drümb so laß uns ohngesehn
in die Heidel-Püschgens gehn
und uns küssen/daß es knallt/
überall/wos uns gefallt!

ES GAUDIRT IHN/
daß die Mädergens schon das Graß zertrükken.

Ode Jambica.

Die Veilgens schlagen auß.
Sie sind schon halb herauß!
Durch ihre heitre Bläue
dreibt Arkas seine Säue.

Die *Faun*en und das Vieh/
die geulen *Satyri*
stehn fast biß an den Bäuchen
in Grähsern und Geträuchen.

Grohß-Vatter *Pan* holt vor
sein sihben stimmigt Rohr/
ümb sein verlihbtes Pfeiffen
Zitronen-Vögel schweiffen.

Schon hört man Sylvien schreyn/
ach nicht doch/nein/ach nein/
die dikken Bokksbaum-Häkken
sie gantz und gar verstäkken.

Der *Paffos* Söhngen lacht/
waß wird dar blohß gemacht?
Bleibt/Kindgens/ruhig lihgen/
der Schnizzger schnizzt euch Wihgen!

ER LIHGT MIT IHR IM GRÜNEN.

Ode Jambica.

Der vor bereiffte Wald
steht wihder wohl gestalt/
der gantze grüne Grund
lacht wihder Bluhmen-bundt.
Schon pärlt auß ihrer Kehle
die köstlichsten Jubele
mit gleichsahm siegerischem Schall
die durchauß kleine Nachtigall.

Der holden *Graci*en Schaar/
das Klee-gepaarte Paar/
zeigt itzt so rächt mit Lust
sich seine nakkte Brust.
Schon pakkt man sich am Bändel/
kom mit mir in den Qwändel!
Vergraben gantz in Helffen-Bein/
will alles itzt gestorben seyn!

Dorillgen/stoltzes Thier/
waß hastu gegen mir?
Du mühst dich fast auß Stein
wie *Niobe* zu seyn.
Rubinen und Korallen
bezihren dir die Ballen
ach/künt ich doch/du süsses Huhn/
vergnügt in deinen Armen ruhn!

Du göldener Magnet
auß Julep und Zibeth/
du Sarg for meine Pein/

kom/laß mich bey dir seyn!
Dein Häuptgen kräntzt ein Kröngen
auß lautter Tausend-Schöngen/
die lihbe Frau auß *Amathunt*
ist Hindten-rümb nicht halb so rund!

Gläubs mir/du junges Bluht/
ich bün kein Fünffzehn-Hut.
Ich bün zu jeder Zeit
for Zucht und Ehrbarkeit.
Den klugen *Castal*innen
gab ich mich gantz von innen/
ein solches Hertz schmihrt insgemein
die Tugend rächt mit Balsam eyn!

Ey/ey/was ist denn daß?
Ich gläub/da hastu waß!
Von diesem wehrten Ort
zih ich die Hand nicht fort.
Vor solchem Paradiese
wird *Cypripor* ein Riese;
verstatte/daß mein Kihl sich spizzt
und ihm nur Musc und Amber schwizzt!

Ein Zeißgen dirilirt/
ins grüne Graß bostirt/
darzu so kükkt es her/
waß hat es denn so sehr?
Der Bach hört auff zu rauschen/
die *Oread*en lauschen/
all meinen schwartzen Kummer stopff
ich itzt in dich alß Threnen-Topff!

Catull/Tibull/Properz/
sie lihbten alle Schertz/
Ovid/Horaz/Virgil/
süß droff ihr Feder-Kihl.
Drümb lehrt auch dich mein Flöhten
empfindlich itzt erröhten;
der Saffran-gelbe Löwen-Zahn
beschehmbt offt sälbst den Dulipan!

ER SPAZZIRT DURCH DEN MORGEN.

Ode Jambica.

Gott *Eol* lihß sein Blahsen/
auff neu bedhautem Wahsen
Aurora dantzt und lacht/
im Pusch auff sihben Röhren
kunt man ein Singen hören
die gantze lihbe Nacht.

Durchs Garten-Gitter staunen
die Bokks-gefühßten *Faun*en/
sie müssen durchauß sehn
die Silber-Spring *Cysterne*/
drümb Blöhmckens/klein wie Sterne/
nicht ohne Anmuth stehn.

Durch Tulpen und Melissen/
durch lautter Lust-Narzissen
stapfft Stax/der Pauren-Knoll;
die Amsteln schreyn und springen/
die nassen Fröschgens singen/
Frau *Venus* küßt wie toll.

Itzt geht mit seinen Muhmen
Apoll/auß Bisem-Bluhmen
bey also schöner Zeit
sich *Pindus*-Kräntzgens binden/
ich kan mich kaum noch finden
für so vihl Lihbligkeit!

ER WARTET AUFF SIE
in einem Lust-Wäldgen.

Ode Jambica.

Der mehr alß Winter wich/
die Täubgens schnäbeln sich/
der Hahn/der Hühner-Mann
tukkt seine Klokk-Hän rann.
Das Späzzgen drukkt sich schlau
an seine Späzzgen-Frau/
kortz/alles was blohß bihbt/
ist itzo scharff verlihbt.

Mein Hütgen schieff aufs Ohr/
spazzir ich für das Thor
und zwürble mir den Bahrt
so rächt nach Schäffer-Ahrt.
Du schwartz-braun Mädichin/
zu dir ziht es mich hin;
am bundten Bluhmen-Blazz
erwartestu den Schazz.

Ey/ey/waß soll daß seyn?
Bün ich hihr gantz allein?
Der Bluhmen-Pöfel brahlt/
wie von *Apell* bemahlt.
Die Amstel brohbt im Grund
den qvitten-geelen Mund/
die Sonne blintzt ins Moos/
mein Gott/wo bleibstu blohß?

Dein auff gerolltes Hahr
entzükkt mich gantz und gar;

ich sag es glatt herauß/
ich mache mir waß drauß!
Das allerbäste Kraut
räucht schlächt für deine Haut!
sie fässt sich an for mir
wie feinstes Bost-Bappihr!

Dein Mund auß Carmesin
ist spanischer Jeßmin/
dardrin hält sich verstäkkt
candirtes Hertz-Confäkkt.
Der Lihbe Malvasir
geneußt man nur zu zwihr/
kom/spihle mir waß for
auff dihsem Haber-Rohr!

Waß dir das Mihder füllt/
ist dünn mit Flohr verhüllt/
sälbst waß dich hindten zihrt/
ist Öpffel-rund formirt.
Zurlezzt/halb Süd/halb Nord/
der stähts verehrte Port/
von Myrthen dikk umbrirt
und den Zinober zihrt.

Itzt Feuer und itzt Eyß/
bald wird mir kalt/bald heiß/
fast ist das gantze Graß
von meinen Threnen naß.
Du höchst belihbtes Zihl
for meinen Fehder-Kihl/
du ohngemeines Licht/
kömbstu noch ümmer nicht?

Schon fällt ein kühler Tau/
die Wälder werden blau/
die Nachtigall schon schlagt/
die kleine Gottes-Magd.
Botz dausend schlapperment/
nimbt daß denn gar kein End?
Dorillgen/süsses Thier/
mich küzzelt so nach dir!

ER BELAUSCHT DIE *VENEREM* mitsambt däme *Martio*.

Ode Jambo-Trochaica.

Wie so lihb ists auff der Welt
unter einem Baum-Gezelt/
wenn man wihder sich entpeltzt
mitten unter Bluhmen weltzt!

Horch/wie sich die kleinen Bihnen
embsig ihrer Zeit bedihnen!
Ihr klug sechs-geekktes Hauß
somsen sie so eyn-wie auß.

Der bemooste Sommer-Wald
kraust sich wihder wohl-gestalt/
Wikken wrikken kwer-feldeyn/
reuch blohß/wie sie lihblich seyn!

Schwanck auff wanckem/ranckem Reisgen
bluhstert sich ein kekkes Zeisgen;
wie seyn Schnäbelgen ihm blizzt/
daß es schon zum Pfeiffen spizzt!

Zweene/so sich itzt derwischen/
wollen sich durchauß vermischen/
Gänßgens zuppt der Gänserich/
alles lihbt und duppelt sich.

Wo die rosa Pfirsche stehn/
lässt sich *Venus* nakklicht seyn.
Amor/das vertrakkte Schizzgen/
zihlt ihr grad ins Pudel-Mizzgen!

Bäkkgens/Oehrgens/Kinn und Mund/
alles glützt an ihr wie rund/
ihre Schultern/ihre Waden
sind mit Helffen-Bein beladen!

Ihrer Öpffel-blancken Brüste
Wunder-schönes Schau-Gerüste
hat sie sälbst und mit Bedacht
sich auß Lilien-Milch gemacht!

Ihre glatt-gewölbten Weichen
lassen sich mit nichts vergleichen!
Ach/und wie erst füllt mit Glükk
vollends dich ihr Achter-Stück!

Mars/der ohngeschlachte Hund/
naht sich ihr vom Hindter-Grund;
schreyend hupfft so auff alß nihder
das verbuhlte Lufft-Gefihder!

Ihre himmlisch bralle Brust
bebt und zittret schon für Lust/
süsser Schrekkniß steht sie voll/
waß mit ihr geschehen soll!

Heimlich pflökkt er und verholen
Tulpen/Jeßmen und Violen;
gleichsamb seyner sälbst beraubt
zirkelt er sie ihr ümbs Haupt!

Ihre Wundrens-würdge Länge
bringt ihn selig ins Gedränge!
Wie sie kikkert! Wie sie lacht!
Wie sie ihm Karäßgens macht!

Ihre Bietzgins/ihr Bopo/
alles an ihr macht ihn fro/
blinckert/flinckert her und hin/
ach/ihr lihben Eugelchin!

Himmel/nein! wie er sich zihrt/
gantz in sie veramoriert!
Weyl schon alles bey ihm stimmt!
Weyl ihm schon das Pfeiffgen glimmt!

Fäßt verstrikkt in ihre Haare/
ihre mehr alß göldne Waare/
wird er bey-nah fast zu kühn;
ihrer Beyder Bakken blühn!

Huy/nuhn hat er was entdekkt/
waß ihm mehr wie Zokker schmekkt!
Huy/nun helt ihm seyne Hand
den gelihbten Gegenstand!

Kaum so kann sie sich noch wehren/
kann das Fleisch das Fleisch entpehren?
Kaum so stößt sie noch zurükk
jen so offt besungnes Glükk! –

Mein Gott/waß ist denn daß?
Blumps/bortzeln sie ins Graß!
Itzt hat er waß ersehn!
Es ist ümb ihn geschehn!

Schon schlingt sich Bein ümb Bein/
o angenähme Pein!
Zwey rohte Wollust-Rohsen
erschließen ihm ihr Gosen!

Ümb ihre Wollen-weichen Flancken
siht man verlihbt den Lemmel rancken/
und unterdessen grahst seyn Gaul
durch Finger-Huht und Löwen-Maul!

Fast steht man wie betäubt/
ist sowaß hihr verläubt?
Sie läßt ihn nicht mehr lohß
auß ihrem Rohsen-Schooß!

Sie schluchzt/ach du/ach du/
sie lässt ihm alles zu/
sie haucht/*mon cher enfant/*
j'espère/vous êtes content?

In solchen Pärlin-Ketten/
wer möchte nicht sich betten?
O Zokker-sühßer Tod/
wann endet deine Noht?

Der Meißgens Zizizi/
der Lärchen Dirili/
der Döbber Hin- und Her/
sie höhren garnichts mehr!

Ihr Sinn ist ohne Sinn/
sie kälbren/dalbren/dahlen;
Apell/wirff deinen Pinsel hin
und wegre dich/es ab-zumahlen!

ES VERDREUSST IHM!

Ode Trochaica.

Tulpen blühen und Narzissen/
Tellus stikkt ihr Hochzeits-Kissen.
Kleine blaue Veilgens drin
machen/daß ich frölig bin.

Klükkernd mit den göldnen Glökkgen/
springen bundte Zihgen-Bökkgen.
Vatter *Pan*/der auch darbey/
bläst auff seiner Dideldumdey.

Unter einem Rohsen-Wölckgen
buhlt im Baum ein Vogel-Völckgen.
Mars in Waffen/ *Venus* nakkt/
beyde dantzen drümb im Takkt.

Harffen-Zupffen/Lauten-Schlagen
ist itzt rächt mein Wohlbehagen.
Dihß nur macht mir vihl Verdruß/
daß ich eintzel schlaffen muß!

ER ZÖRNT DEM CATO.

Ode Jambica.

Dihß ist die schönste Zeit:
das lihbe Lufft-Volck schreyt/
sanfft rauscht der silbre Bach
die Veilgens wach!

Den süssen Hyazinth
wihgt weich ein Westen-Wind/
der Tau/der Bluhmen-Mann/
hänckt Bärlckens dran.

Von Qwändel/Klee und Poll
ist jedes Blätzgen voll/
Dorant und Saturey
seynd auch darbey.

Frau *Flora* singt und geigt.
Der saure *Cato* schweigt;
auß Wacks bleibt sein Gesicht/
er draut sich nicht.

Du lang geöhrter Dropff/
du grober Esels-Kopff/
willstu itzt gantz allein
nicht frölig seyn?

Wirff in den dikken Klee
die dikkre Dorile!
Gläubstu/du thummpes Thier/
sie sträubt sich dir?

ER HÄLT DARFOR
daß der Frühling so rächt die Zeit zum Lihben ist.

Qwodlibet.

Der Himmel lacht lasuren
auff *Flor*ens bundte Fluren/
so sanfft rauscht itzt der Bach;
ümb seine Gräsgens schnellen
die zittrichten Libellen/
der Wald wölbt grün sein Dach.
Nelcken/Scharlach/Amaranth
und waß sonst noch wird benannt/
Wegwartz/Augentrost/Salvey
Tausendschön und Akkeley/
Sonnen-Würbel/Meusedorn/
Hertzgespan und Rittersporn/
Kellerhaltz und Koriander/
alles blüht itzt durcheinander.
Sylvan die Ohren spizzt/
das Wasser-Volck selbst lauscht/
wie süß der West-Wind itzt
durchs Läublein rauscht.
Mars pflükkt sich seinen blancken Hut
voll Engelsüß und Wohlgemuth/
Pan bläst auff seinem Zihgen-Rohr
den Veilgens vor.
*Amourett*en/drall und nakkt/
schlagen rund ümb mich den Dakkt/
auff das Volck mit dikken Waden
bün ich durchauß wie geladen!

In jedem Arm ein Grübgen/
im Kinn gar ihrer zwey/

mahlt mir das Flügel-Bübgen
die schwarze Elß-Marey.
Theils an Schönheit/theils an Länge/
gleicht *Dian*en ihr Gepränge/
Lilgen stehn für ihre Haut
nur wie schlächtes Körbel-Kraut.
Noch so ward mir nichts bewußt
Ründeres alß ihre Brust/
ihrer Wangen Purpur-Pracht
hat *Aurora* sälbst gemacht.
Zween Arme/deren Krafft
offt Leuen hin gerafft/
zween Schänckel auß Porfir
daß wer so waß for mir!
Ach/ich kan mich ihretwegen
kaum mehr schlaffen legen!

Filorindgen/
lihbstes Kindgen/
dein wie Goldt gewundner Zopff
bringt mich deto ümb den Kopff.
Ich schau dich/waß ich kan/
mit steiffen Augen an:
du bist so süß/so klein/
du Turttel-Täubelein!
Alles ist an dir geründet/
wordrauff sich mein Vergnügen gründet;
worhin man dir auch blikkt/
man ist durchauß erqwikkt.
Rächt ein Dapps ist dein Menalck/
seine Bakken sind aus Kalck/
seine Waden/muß man wissen/
hat ein Draut-Hahn abgebissen!
Willstu bei dem alten Pauren

deine schönste Zeit versauren?
Lengst blagt ihn das Zipperlein/
gihb ihm zum purgieren ein;
rächt vermischt auß Ruch und Stanck/
einen Apotheker-Tranck!

Brunette/laß daß seyn;
mein Hertz ist nicht von Stein/
mein Hertz ist gantz auß Wacks/
es brännt wie Flacks!
Deine Augen wie Violen
sind zwo auß geleschte Kolen/
dein angenehmer Mund
steht ahrtlig Zirckel-rund.
Du läst durch dihse Dhür
blohß Purpur-Sylben für/
dreyn sind in jedem Falle
die Zähne Berg-Kristalle.
Dein runder Haltz/
dein weisses Knie
macht keines-falls/
daß ich dich flieh.
Auf deinen Brüsten schwimmt dein Hahr/
Frau *Potifar*/Frau *Potifar!*

Sußgen kam von ohngefehr
drällernd dorch die Wihse her/
alß ich nechst mein Lemmer-Volck
unter einer Büche molck.
Lab-Kraut/Gundermann und Holler
bund sie mir ümbs Hirten-Goller/
alles/waß ihr Händgen fund/
Rohsen lachte mir ihr Mund.
Drauff so schob ich ihr mein Fläschgen

freundlich in ihr Hirten-Däschgen/
sie wusste kaum/wie ihr geschah/
mein Gott/waß machstu da?
Itzt läßt sie von frembden Hirten
sich so Hertz wie Mund bewirthen!

Mechthildgen führt mit großer Eyl
mich hindter sich am Narren-Seil.
Kaum klopff ich an ihre Thür/
ziht sie gleich den Fürhang für.
Mägdgen/rukk dein Mihder/
stell dich nicht zurwihder/
der gebührt allein der Preiß/
die mich rächt zu lihben weiß!
Laß dich endlich drümb erbitten/
stell dich endlich nach Gebühr/
Sylvius geht mir nicht an Sitten/
Thyrsis nicht an Tugend für.
Läßt dein Sinn sich nicht erweichen/
gläubstu dan/ich werd verbleichen?
Dihses sag ich rund und frey:
solches wäre Kälberey.
Meine Tauer-haffte Gluht
ist for viel waß Bässres guht!

Margrittgen dhut sich zu commun/
sie dukkt gleich nihder wie ein Huhn;
daß sie nechst lag in den Wochen/
kam nicht blohß vom Klöhße-Kochen.
Wars der Kaspar/wars der Melcher?
Ach/sie weiß es nicht mehr/welcher!
Sälbst Hannß Tapps schihßt nicht vorbey –
ja/so kombt man ins Geschrey.

Ambrette wüntscht sich waß.
Ein Kleid auß Spihgel-Glaß.
Mit allem/waß ein Mägdgen zihrt/
ist sie fürtrefflig auß staffirt.
Amor schoß ihr eine runde/
ach/so reitzend kleine Wunde;
Stechwurtz und Fünff-Finger-Kraut
stehen darfor auff gebaut.
Der Himmel wird es schon so fügen/
daß wir uns beyde noch vergnügen!
Mit ihr an einem Dischgen/
daß wer so rächt mein *Gout*/
ein sälbst gebakknes Fischgen
reicht sie mir kikkernd zu.
Mit einem Reveräntzgen
schihb ichs ihr zahrt zurükk:
for dich/mein Kind/das Schwäntzgen/
for mich das Mittel-Stükk!

Panompfe ist mir zu sever/
sie stellt sich würcklich rächt contrair/
ein ohnvernünfftger Stein
kan nicht härter seyn.
Greifft man ihr in ihre Sachen/
ümb sich mahl belihbt zu machen/
gleich so ziht das Mäntsch nicht faul
ein wohl-gerümpfftes Maul/
auß dem es manchmal/wie mir däucht/
empfündlich nach der Küche räucht.
Ich bün bey keinem Drachen
for Complementgens machen/
drümb so sag ich unverfroren:
dihse laß ich ohngeschohren!
Süssre Lippen gihbts alß deine/

ründre Arme/ründre Beine/
Jungffern sind ein gantzes Heer/
Jungffern sind wie Sand am Meer!

Lihbstes Lisimindgen/heunte
bistu bey-nah schon die Neunte/
die mir heymlig wohl-geneigt
ihre Lilgen-Brüste zeigt.
Wie sie dantzen! Wie sie hipffen!
Wenn sie ihrem Flohr entschlipffen!
Kaum so fühlstu dich bekränckt/
wenn man sie zusammen-mänckt!
Rosillgen nimbt mich offt bey Seit/
Rosillgen ist polit/
Rosillgen ist for Höffligkeit/
zurmahl/wenns nihmand siht.
Zurweilen macht mich fast zu Stein
die Schönheit ihrer Waden/
sorbald sie mit dem lincken Bein
ihr rächtes Knie beladen!
Darff ich/darmit andre prassen/
solches ohnbegriffen lassen?
Mein/waß wer ich for ein Wicht/
for solch Systema bün ich nicht!
Falls mir Chloe dihß vergunt/
küß ich ihr nicht blohß den Mund/
auch die Biehtzgens/die mich laben/
wollen solch Erqwicksel haben.
Sälbst das Schönste/waß sie zihrt/
fühlt sich nicht dardurch aigrirt;
gleich so däkk es wihder zu/
daß ich nichts Galantes dhu!
Die reitzende Salinde
bleibt offt allein zu Hauß;

darmit ich nicht erblinde/
lescht sie das Lämpgen auß.
Insgeheim/insgeheim
schläkken wir dan Honig-Seim!
Florillgen zehlt zum Venus-Orden/
for so ein Mäntsch lihß ich mich morden.
Daß macht/es ist mir einverleibt
die Leber/die zum Lihben dreibt!

Berillgen lihbt noch erst im Traum/
sie ist von fünffzehn Jahren kaum/
mit Dütgens voll Rosinen
läßt sie sich noch bedihnen.
Ihre *Psyche*-Brüstgens bochen/
Rohsen-Knospen ohnerbrochen/
doch scheint sie mir die letzte Zeit
schon voll erwünschter Lihblichkeit.
Offt so sieht sie manchen Mann
bey-nah schon zu zährtlich an.
Ihr noch fast zu kleiner Mund
spizzt sich gleichsam kußlich/
alles ist an ihr lengst rund/
alles schon genußlich!
Sie sagt nicht ja/sie sagt nicht nein/
sie lacht sich blohß ins Fäustgen dreyn!

Amor/kleiner Pfiffikus/
die bey dir nicht will/die muß/
sälbst die durchauß Spröde;
ligt sie noch so dikk umbflaumt/
kaum daß heymlig ihr waß traumt/
dhut sie nicht mehr blöde!
Hält sie gleich ihr Händgen
fürs gelobte Ländgen/

dräut sie dreist zu schreyn –
schon in zwo Minuten/
ohne dich zu sputen/
wirstu Sieger seyn!
Keine Jungffer ist auß Stein/
alle sind auß Fleisch und Bein/
du brauchst nur/willstu sie gewinnen/
auff nichts alß ihr Vergnügen sinnen!

Drusillgen kükkt mich lachend an:
Na/süsser Schazz/wie ist daß dan?
Entpöhrt so dreh ich ihr den Rükken.
For dihses bißgen Jugend-Krafft
ist sie mir vihl zu mangelhafft/
ümb mich nach ihr zu bükken.
Zum Lihben dhustu mir zu leid/
Nigrette/altes Rumpel-Scheidt!
Du räuchst nicht nach Jeßminen
auß deinen Mund-Rubinen.
Zwey schauckelnde Moräste
sind lengst an dir das Bäste;
den Rokk besalbelt und bepaspelt/
büst du mir vihl zu abgehaspelt!
Bald so däkkt dich kühl der Sand/
ach/mir wird gantz bleumourant/
bald so ligstu pixus paxus
unterm Taxus!
Vier Bretter und sechs Brettgen
sind dan dein letztes Bettgen/
denn dihses eine bleibt gewiß:
zu Staub sanck sälbst *Persepolis!*
Laß uns für allen Stükken
drümb auß einander rükken!

denn ach/nicht ümmer hat man lihb/
was *Naso* mit *Corinn*en drihb!

Lohrchen legt sich keusch zu Bett/
plätter als ein Nudel-Brett.
Wems für der nicht grähst und graut/
stäkkt nicht in der bästen Haut.
Mindestens for dreyzehn Groschen
kläbt sie ihr Gesicht voll Moschen;
statt Schänckel hat sie ein paar Staaken/
ihr Näsgen ist ein Feuer-Haaken.
Ihr Bukkel krümmt sich schon vor Gicht/
sie wattscht wie eine Ente;
sie leidets nicht/sie leidets nicht/
es sey denn ein Studente!
Erst nechst besuchte sie gantz spat
Crumpificus/der Advokat;
ihr Himmel-blaues Mündgen
wihgt mindestens drey Pfündgen.
Fünff Bazzen bot for ihren Kuß
ümbsonst Herr *Quindecimpilus;*
an seinem Kopff zerbrach schon vihl/
zwo Schüsseln und ein Bähsem-Stihl –
Flattaris/du loser Sakk/
lach dich nicht zu Schnupff-Thobakk!

Doris/kleiner Hertzens-Dihb/
hastu mich auch würcklich lihb?
Würcklich? Gantz wahrhafftig?
Und sie küßt mich/daß es knallt
durch den dikken Dannen-Wald/
Himmel/war der safftig!
Deine auffgeblehten Brüste/
die ich dausendmahl beküsste/

denen hundret Hirten
Lihbes-Lider girrten/
deine Brüste sind mein Preiß/
Venus sälbst ist nicht so weiß!
Heute/heute strehlt ihr Sohn
dir noch deine Hahre/
morgen/morgen ligstu schon
auff der Thoden-Bahre!
In das schwartze Grab
mußtu dan hinab!
Wenn dich erst die Würmer frässen/
wird dich keiner an sich prässen;
lihbe mich drümb ganz und gar
mit Haut und Hahr!

Itzt so ist die schönste Zeit/
kükk/wies auff uns Blühten schneyt!
Sie leuchten durch das Graß
so zahrt/so Silber-blaß/
ein Bächlein mit Gerisel
springt über bundte Kisel.
Blüzz-blinckernd auß Demant/
so kömbt es her gerannt/
die kleinen Feldheuschrekken
begihrig auß ihm lekken.
Das Qwellgen klikkt und klukkert/
dein Hertzgen tikkt und tukkert/
gantz weck reichstu mir hin
dein Schnäbelgin.
Nein/was hastu doch blohß/Schlünglein/
for ein süsses Zukker-Zünglein!
Venus sälbst hat es verwichen
mit Amber und Zibeth bestrichen!
Nichts läßt sich so tieff verstäkken/

Amor weiß es auff zudäkken.
Schon so zihlt er/hoch zu Roß/
mitten auff dein Muschel-Schloß!
Die schlaue *Cypris* lacht:
»Baß auff/gihb Acht!
Sie wird noch gantz mit ihrem Rükken
den kleinen Ehrenpreiß zertrükken!« –

Itzt so kränckt mich nicht mehr vihl/
Zoilus/dein Stichel-Kihl!
Febus peittscht auff seine Gäule/
Midas sälber fliht entsezzt/
wenn dein grohbes Dorff-Geheule
sein behahrtes Ohr verlezzt.
Weiser bün ich alß *Aesop*/
der schon lengst zu Staub zerstob/
herrlicher alß *Democrit*/
der itzt nichts mehr hört und siht/
göldner saß auff seinem Thron
kaum der König *Salomon*!
Blüht es/ist das kleinste Gras
klüger wie *Pythagoras!*
Noch so bün ich frohen Sinns/
Weiber/Wein und Würffelgins!
Noch so melck ich stripp strapp strull
meine Muse wie *Tibull*!
Mars verlih mir seine Flinte/
Clio ihre aedle Dinte/
Pallas sälber plinckt mir zu:
Dafnis/andrer *Febus* du!
Sans flatterie/im spanischen Habit
sing ich verlihbter alß *Ovid*:
Ich bün ein Jungffern-Jäger/
ich bün ein *Venus*-Sohn/

Volcan/der Hörner-Träger/
kännt mich seit langem schon!
Drümb/bin ich einst gestorben/
so greifft in die Theorben
und würgt auff meinem Grab
drey-hundret Ocksen ab!
Ein Bau auß ädelsten Porfiren
soll mich dan Zirckel-rund bezihren/
drauff schreibt mit Gold-Schrifft und Bedacht:
Cupido hat ihn ümb gebracht!

ER HÖRT MIT IHR
den Gukguk schreyn.

Ode Jambo-Trochaica.

Grisillgen/weistu waß?
Kom mit mir in das Graß.
Im Hayn blüht lengst der Flihder/
die Fröschgens hupffen wihder.
Venus und ihr kleines Söhngen
pflükken sich da Tausendschöngen.
Ach/nun ist die göldne Zeit –
hörstu/wie der Gukguk schreyt?

Grisillgen/weistu waß?
Itzt wünscht ich dihß und daß.
Sih/wie sich meine Zihgen
ümb deine Schäffgens schmihgen.
Zwischen Qwendel/über Qwekken
tasten dort verbuhlt zwo Schnekken.
Ach/nun ist die göldne Zeit –
horch blohß/wie der Gukguk schreyt!

Grisillgen/weistu waß?
»Nein/nicht doch/Dafnis/laß!
For so ein Bihnen-Kröpffgen
ist nicht mein Honig-Döpffgen!
Müßt ich nicht durch solch Benähmen
mich vor meinen Schäffgens schähmen?
Drükk mir nicht mein Daffet-Kleid/
horch doch/wie der Gukguk schreyt!«

Grisillgen/was ist daß?
Dein Hütgen glüzzt gantz naß?

»Lind träuffelt seinen Segen
ein lihber Sonnen-Regen!«
Flinck in jenes Rohsen-Läubgen!
Ich der Täuber/du das Täubgen!
Ach/nun ist die göldne Zeit –
nein/wie blohß der Gukguk schreyt!

ER KLAGT/
daß der Frühling so kortz blüht.

Ode Trochaica.

Kleine Bluhmen wie auß Glaß
seh ich gar zu gerne/
durch das tunckel-grüne Graß
kukken sie wie Sterne.

Gelb und rosa/roht und blau/
schön sind auch die weissen;
Trittmadam und Himmelstau/
wie sie alle heissen.

Kom und gib mir mitten-drin
Küßgens ohnbemessen.
Morgen sind sie lengst dahin
und wir sälbst – vergessen!

ER LÄSST NIE SEIN MAUL HÄNGEN!

Ode Jambica.

Worzu melancholiren?
Schnell läufft die süsse Zeit.
Die Amsteln drompettiren
des *Majus* Libligkeit.
Die bundten Gräsgens blincken/
still lauscht die Frühlings-Frau/
die Sonnen-Pferde drincken
itzt nichts denn *Nectar*-Tau.

Bald brännt des Hundes-Sterns Hizze/
dan ist mir mehr alß wohl/
dan spannt der kleine Schizze
nach mir sein Mord-Bistohl.
Im Schlaff-gesunden Kimmel
ligt man dan gern zu Zween/
indeß am blauen Himmel
die weissen Schäffgens gehn.

Sordan dritt schwehr an Trauben
Vertumnus auff den Blahn/
dan kan ich kaum noch glauben
an *Charon*s Wakkel-Kahn.
Dan lihb ich es zu schweiffen/
dan macht mich frohen Sinns
das angenehme Pfeiffen
des Grammets-Vögelckins.

Panduren und Krabaten!
Zurlezzt stapfft *Niclas* an!
Der Teuffel soll den brahten/

der den nicht leiden kan!
Die Kindsgens jubiliren/
wies draußen stihbt und schneyt.
Lasst andre grillisiren/
ich bün for Heiterkeit!

ER RASTET MIT SEINEN GESÖLLEN AN
einem schönen May-Morgen in einem Bircken-Hayn.

Ode Trochaica.

Brüder/ümb vergnügt zu seyn/
bräucht es keiner Schäzze!
Dihser junge Bircken-Hayn/
durch den froh beym Mayen-Schein
wihderümb die Amsteln schreyn/
beut uns dausend Bläzze.

Jeder ist von Bluhmen bundt:
Veilgen und Turkosen/
Jungffern-Schuch und Frauen-Mund
dhut der Lentz uns leuchtend kund/
göldner gläntzt als dihser Grund/
nicht das Glükks-Land *Gosen!*

Hihr ümb dihses Bächleins Rand
werfft euch in den Wasen!
Bässres ward noch nie bekandt –
däkkt uns einmahl erst der Sand/
keiner hört dan mehr durchs Land
waß die Schäffer blasen!

Traumt und kukkt den Wölckgens zu/
wie sie selig gleissen!
Unterdeß lokkt gukrukru
hihr der Döbber sine Fru!
umb ihr schon im nechsten Nu
in den Kamm zu beissen!

Jedes Kummers durchaus blohß/
freut euch dihser Stunde!
Kaum schon fand wer so famos/
sälbst die Reden *Cicero*s;
alle Weißheit *Salomo*s
lacht aus ihrem Munde!

ER FREUT SICH/DASS ES FRÜHLING IST.

Ode Jambica.

Mein Bauch ist nicht for Völlerey.
doch dihß so muß ich sagen:
der göldne Monahts-König Mey
fegt mir nicht blohß die Leber frey/
er stärckt mir auch den Magen!

Artschokken/Bortulak/Spenat/
so nichts bräucht man zu schonen;
Endiwjen gihbts und Kopff-Saulat/
sälbst Spargel siht man schon barat/
Rabuntzelgens und Bohnen.

Diana/nakkt biß übers Knie/
fischt Krebsckens und Forellen/
Cupido sticht nach Sßöllerie
und selbst *Sylvan*/das dumme Vieh/
käut Dill und Bimpinellen.

Itzt schmäkkt zu Hammel Pärl-Porree/
itzt neid ich nicht die Dodten/
itzt halt ich mich nicht retiré/
wenn ich auff einem Deller seh
Butt-Hühngen-Fleisch mit Schoten!

Darzu so schänck ich mir waß ein/
sonst schärfft sich mir mein Blüthgen;
doch darffs des offtern auch/statt Wein/
Pfund-Bier auß Kötschenbroda seyn/
das steigt nicht so ins Hütgen.

Dikk auffgebluthsterter *Virgil/*
bedrille deine Meikens!
Itzt müht sich mein gespizzter Kihl
nur for den lihben Betersihl
und for die Kibitz-Eyckens!

ER BOKULIRT IM HIRSCHEN.

Ode Trochaica.

Lustig-seyn und nicht studiren/
durch die Gassen kreutz und krumm
nach den Mägdgens scharmutziren/
lustig-seyn und nicht studiren/
dihses ist mein Bropprium!

Bluhder-Hosen/Bontac-Flaschen/
Wörffelgens und ein Rappihr/
darzu Göldt in allen Daschen/
Bluhder-Hosen/Bontac-Flaschen/
Bruder-Hertz/daß lohb ich mir!

Wihder blühen itzt die Pfirschen/
alles ist wie Rohsen-roht/
drümb/so sizz ich hihr im Hirschen/
wihder blühen itzt die Pfirschen/
Dabbak ist mein Himmels-Brodt!

Hühnergens in Galantine
stellt man mir auff meinen Disch/
Blühmckens zihren die Turrine/
Hühnergens in Galantine/
auch die Sprottgens sind schön frisch!

Kugel-Dorten/Eyer-Baben
seh ich frölichen Gesichts/
darfor bün ich stähts zu haben/
Kugel-Dorten/Eyer-Baben/
Hola/Jung/verschütt mir nichts!

Jeder Dropffen/den ich drincke/
schärfft mir mehr das *Capitol;*
komme wihder/wenn ich plincke/
jeder Dropffen/den ich drincke –
Himmel/Herrgott/ist mir wohl!

Flöten/Lauten und Pandoren/
Gott sey Danck/itzt sind sie da!
Singt und springt mir in die Ohren/
Flöten/Lauten und Pandoren/
drey mahl hoch die *Musica!*

Nachts mit gantz verschobner Krause
steh ich dan für meiner Thür.
Bün ich würcklich schon zu Hause?
Nachts mit gantz verschobner Krause/
ha/wie kom ich mir blohß für?

Soll ich itzt Skarteken schmihren?
Oder – dreh ich wihder um?
Nein/ich gehe *cortesi*ren!
Soll ich itzt Skarteken schmihren?
Dihses were mir zu thumm!

Meine Feuer-reichen Jahre
blühn mir itzo/oder nie.
Pallas hat zu kortze Hahre/
meine Feuer-reichen Jahre
sind mir vihl zu werth for sie!

ER SIHT SICH AM ANDERN
Morgen im Spihgel.

Ode Jambo-Trochaica.

Pärle aller Sauff-Studenten/
da/bekükk dir deinen Flauß!
Seine göldnen Posamenten
herbergt lengst das Jüden-Hauß.
Ab-gedreten die Kalöschen/
die Barukke sitzt für qwer;
gestern noch an sechzehn Gröschen/
heute keinen Heller mehr.
Und darzu dan noch dihß Bromsen/
alß ob nichts wie Mukken somsen!
Weck/verfluchter *Bachus*-Safft/
von itztab bün ich dugendhafft!

Allzu willige Bluminde/
bitte/schleuß dich nicht mehr auff/
weil ich mich dir itzt entwinde/
denn nunmehro huhst ich drauff.
Ach/man muß euch/Kindgens/kännen/
Amor ist ümbsonst nicht blind;
die wie rohtes Feuer brännen/
noch die allerzährtsten sind.
Nachts/wie die Boeten fabeln/
reutten sie auff Ofen-Gabeln!
Weck/verfluchte *Venus*-schafft/
von itztab bün ich dugendhafft!

Pallas/dein belohbter Name
hellt wie dröstend mir den Sinn;
du bist noch die eintzge Dame/

der ich gantz ergeben bin.
Nur mit dir noch zu scharmiren/
halt ich rächt for meinen Zwökk;
Kögel-spihlen/Billjardiren
kömbt mir für wie Teuffels-Drökk.
Noch die spähtsten Folge-Zeiten
werden mir drümb Ruhm bereiten!
Waß man auch dargägen klafft/
von itztab bün ich dugendhafft!

ER PERSTRINGIRT SEINE GESÖLLEN.

Ode Jambica.

Noch gestern/wenn ich es bedäncke/
saß ich mit *Melio* in der Schäncke.
Damöt drihb weiter nichts wie Bossen/
Trax war mit Hasen-Schrot geschossen.
Itzt muß ich insgesambt solch Drachten
for faule *Sodoms*-Öpffel achten.
Das saufft und raufft und flucht und schwehrt/
nicht einer ist sein Leder wehrt!

Palemon stinckt mir allenthalben
zu sehr nach Budergens und Salben.
Ein Zobel-Pältz mit hundret Schwäntzen/
das wer so waß for ihn zum Gläntzen!
Am lihbsten mücht er sich verschreiben
ein Wägelgen mit Spihgel-Scheiben.
Wie dihser Tummrian sich zihrt/
hat mich schon öffters affrontirt!

Silvanders Sinn steht durchauß leider
nur auff die lange Weiber-Kleider.
In allen Winckelgens und Ekken
muß er sich mit den Mägdgens zekken.
Zu jeder hoppt er hin und schnoppert/
waß ihr wohl hindterm Dünn-Tuch boppert.
Darbey so hat das geule Vieh
doch die Frantzosen-*Maladie*!

Stax lihbt es nicht/bey Gastereyen
sich seinen Magen zu kasteyen.
Befillt mit Sauer-Kraut und Schwarten/

kan er der Käsgens kaum noch warten.
Ümb Hammel-Fleisch und grüne Bohnen
lihß er ein Beutelgen Tublonen.
Darfor so schwappt ihm schon das Fett/
er daugt nicht mehr alß Ober-Bett!

Beraldo ist nun erst ein Brahten!
Fast Nacht for Nacht geht er gassaten.
Die Lichtrichins auß den Laternen
muß er *bartout* darbey entfernen.
Gleich/kükkt ihm einer zu verstohlen/
brüllt er: Herr Bruder/die Bistohlen!
Noch keinen sah man auff der Welt/
der so alß Waldt-Schwein sich verstellt!

Philen ist alles larifari
for einen halben Schlukk Canari.
Nicht einer sah mit krausen Zeichen
ihn je schon ein Bappihr bestreichen.
Er hält die hohe *Pier*innen
for alte Heerings-Krämerinnen
und lihbt biß morgends früh ümb Acht
die ohngemein verlängkte Nacht.

Nur ich sizz hihr auff meinem Stertze
vergnügt bey einer Unschlitt-Kertze
und mühe fleissig Hirn und Hände
blohß for die höhren Gegenstände.
Mein Sammt-Barett mit blancken Tressen
staubt hindtrem Ofen/fast vergessen;
schon schirrt *Apoll* mir seinen Gaul –
Neid/halt dein blaues Läster-Maul!

ER KLEBT SO ÄMSIG ÜBER SEINEN Büchern/daß ihm der Schweiß vom Bukkel dropfft.

Ode Trochaica.

Andre mögen *Bachum* ehren
und ihr Göldt in Wein verkehren/
itzt bün ich ein andrer Mann
und ich dencke nicht mehr dran.
Fehder/Dinte und Bappihr
acht ich über jede Zihr/
nur noch Eins erhizzt mein Bluht/
der gelährte Doctor-Hut!

Morgens bey dem schönsten Wettre/
kaum/daß ich dem Bett entklettre/
lauff ich gleich und *à prix tout*
dem verehrten *Pindus* zu.
Pallas ümb den Busen kahl/
fegt schon ihren Bücher-Saal/
drin so macht mich durchaus froh
der belihbte *Cicero.*

Widerümb nach Hauß gekommen/
wird *Porphyrius* für genommen/
der dem *Plato* früh und speht
wie ein Kokkel nach gekreht.
Nein/wie mich dihß blohß erbarmt/
daß ihn schon der Sand ümb armt!

Waß er auffs Bappihr gesezzt/
steht in Marmol ein geezzt!

Metrodor und *Meleager*
sind mir keines-falls zu mager/
ihr besüsster Honig-Seim
hält mich fäst wie Vogel-Leim.
Auff den Murr-Kopff *Heraclit*
folgt der weise *Stagirit*/
dihsem bün ich gantz vermänckt/
weil er mir blohß Küßgens schänckt!

Hecate/die Himmels-Dirne/
zeigt schon ihre Silber-Stirne/
immer noch so lig ich fromb
über meinem *Theopomp*.
Venus/dein gebutzter Leib
schafft mir nicht mehr Zeit-Verdreib/
mir genügt als *Panacé*
ab und zu ein Dröpffgen Thee.

Pallas/*Erato* und *Clio*
sind for mir das schönste Trio/
sonst so künt es mir ergehn/
wies dem *Simbson* einst geschehn.
Dihsen fraß mit Haut und Hahr
die entmänschte *Thelilar*.
Drümb so laß mich itzt in Ruh/
du verfluchtes Flötgen du!

ER DURCHHECHELT
auch die Weibrichins.

Qwodlibet.

Amor/du verflixter Bube/
kömbstu mir schon auff die Stube/
sälbst wenn ich beym Ocksen bin?
Marsch! Ich kann dich itzt nicht bräuchen/
scheer dich draussen zu den Sträuchen/
oder auch zu Fillis hin!
Ihren Sizz vollkommner Lüste/
ihre Wunder-volle Brüste
lege einem Andren bey;
mag sie schmollen oder lachen/
oder auch mir Hörner machen –
dihses ist mir einerley!

Erst so sehn die Mäntscher auß/
alß ob von dem sälben Dauß
mindestens die *Gracien* stammen;
bald so märckt man sie fast rund/
sind sie würcklich so gesund?
Spähter werden sie dan Ammen.
Das Bürtzel-Spihl auff Stoß und Stich
verstehn sie fast zu dapfferlich!

Flammaris mit fünfzehn Jahren
dhut noch zihmlich unerfahren/
doch schon ist das süße Wesen
in Romänen höchst belesen/
und schon offt hat ihr getraumt/
daß sie wem waß eyn-geraumt!

Siebzehn-jähricht
Stichel-hähricht!
Kükkt man solcher auff das Mihder/
schlägt sie nicht die Augen nihder!
Mädrichins kan ich blohß leiden
wohl-gesittet und bescheiden/
Dörtgen/das nach jedem schuhlt/
scheint mir drümb schon abgebuhlt!

Bambrette wird mir schon zu breit/
sie stammt noch aus der Schweden-Zeit;
drümb legt sie auch so ohnverdrossen
sich Frosch-Laich auff die Sommer-Sprossen.
Für ihren auß-gestopfften Busen
verhüllen schaudrend sich die Musen;
Der Himmel schänck ihr einen Mann/
ihr kommen sonst die Schaben dran!

Barbettgen ist sogar schon bartig/
wenn man sie küsst/so wird man schartig/
auß ihrer Elen-langen Nase
droppts wie auß einer Wasser-Blase.
Ihr Maul von angenehmer Bläue
gleicht mehr schon einer Vogel-Schäue;
darbey so kan sie kaum noch buhsten/
sie blagt ein heischrer Krüchel-Husten.
Ein andrer suche ihr nach Flöhen
auff den belihbten Busen-Höhen/
mein Hertz erzittert schon und bebt/
sorbald sich blohß ihr Dünn-Tuch hebt!

Dringen ist for mir zu simpel.
Ich gläube gar/sie küsst blohß Gimpel.
Man siht es ihr nicht an vom Weiten/

doch hat sie schöne Einzelheiten.
Ich so gäb sie jeden Falls
for ein Qwäntgen Attisch Saltz;
blohß zu Fleisch und blohß zu Bein
kan ich nicht rächt zährtlig seyn!

Celinde ümb ihr bißgen Waden
helt sich zu schade for die Maden.
Seit Kloridan sich ihr entrissen/
will sie von keinem mehr waß wissen.
Nur Eins kan sie von all den Nympffen/
ihr Maul biß auff den Absazz rümpffen.
Zeit fehlt mir und Bappihr/
sonst schrihb ich ihr!

Dihses scheint mir gantz gewiß/
ein Luder ist auch Lysilis!
Zwar hat sie schrökklich vihl Erfahrung/
doch fliht sie ümmer noch die Paarung.
Inssonderlich uns Dheologen
zeigt sie sich eusserst ohngewogen;
ich gläub/sie geht auff Lug und Drug/
sie dhut mir nicht modest genug!

Floris/dihses schlaue Biest/
fast am mehrsten mich verdriesst.
Kan schon einer von ihr sagen/
daß sie ihm waß ab-geschlagen?
Kaum so hat sie wen allein/
gönnt sies ihm vergnügt zu seyn;
gleich so nimbt sie weich und warm
ihn in ihren Schwahnen-Arm!

Mechthildgen geht auff schwehren Füßen/
sie muß ihr Freundlich-seyn itzt büßen.
Von jedem Bawian und Holuncken
lihß sie sich in die Brühe tuncken;
bey solcher zeig ich wenig Eyffer –
fy Teix/da ligt noch frembder Geiffer!

Wo auff des *Parnass*es Spizzen
die geneundte Schwestern sizzen/
kan ich mir itzt kaum vergeben
mein verfluchtes Buhler-Leben!
Meine vor gemachte Lieder
sind mir gantz und gar zuwihder;
ein Knaster-Pfeiffgen/ein Coffee
sind mir mein eintzges *Recipe*.
Meine annoch grüne Jugend/
gönn ich fortab blohß der Dugend;
darfor so kröhnt einst mein Gebein
ein zubespizzter Marmol-Stein!

ER VERLÖFFELT SICH
in seine Kammer-Magd.

Ode Trochaica.

Augen/ihr verbuhlte Sonnen/
zwingt noch immer euer Glantz
mit durchauß ambrirten Wonnen
mich in seinen Zirckel-Dantz?
Zwischen Büchern und Bostillen
saß ich da und fing mir Grillen/
nein/waß war ich meiner Seel
blohß for graues Mühl-Kameel!

Stell ich mir ihr holdes Wesen
auch nur in Gedancken für/
gleich mit ihrem Fehder-Besen
steht sie dan in meiner Thür.
Meine höfflich-zahrte Sitten
machen mich bey ihr gelitten/
gleich so schleusst sie mir darauff
ihren Anmuths-Garten auff!

Warümb schnäbeln sich die Tauben/
warum dritt der Hahn das Huhn/
welches/wie doch wohl zu glauben/
sie gewiß ümbsonst nicht dhun?
Bün ich gleich ein Klos auß Erden
möcht ich dennoch selig werden/
ach/noch biß in meinen Traum
räucht sie wie ein Weyrauch-Baum!

Nein/du kanst mich nicht mehr lokken/
nein/du dhust mir nicht mehr weh/

Pallas mit den blauen Sokken/
Pallas mit dem grossen Zeh!
Venus hält mit ihren warmen/
wonnigen Narzissen-Armen
mich so Zokker-süß ümbstrikkt/
daß mir kaum das Hertz noch tikkt!

ER WILL SICH NICHT
mit andern in sie dheilen.

Ode Jambica.

Dorillgen/kleines Ringel-Schwein
auß planck polirtem Helffen-Bein/
wie man auß Mäntschen Färckel macht/
hat *Circe* sälbst dir bey-gebracht!

Mein Spizzen-Mantel auß Braband
ist dir nur allzu wohl-bekandt;
kaum *Venus* sälbst dreibt so subtil
das Zokker-süsse Lihbes-Spihl.

Doch machstu dich fast zu gemein/
du lässt noch andre Schäffer ein.
Beqwäm gehn unter deinen Rokk
zwölff Männer und ein Zihgen-Bokk.

Drümbh huhst ich dir itzt ins Gesicht:
for Lauch und Nässeln bün ich nicht!
Denn solch ein Maul/das jeder läkkt/
nach nichts alß Coloqwinten schmäkkt!

ER DROHSTET SICH ÜBER SIE.

Ode Trochaica.

Ohnvergleichliche Salene/
ja/ich war dein Cawallir/
deine zwo mahl sechzehn Zehne
blüzzten bläncker alß Porfir.
Doch du weilst an frembden Flüssen
und die schöne Zeit verfloß/
die mit hundret tausend Küssen
mich in deine Arme schloß.

Lorillgen/rühr die Schäncel/
denn daß ist der Welt ihr Lauff/
lupff dein Rökkgen/zeig die Änckel/
dantz mir einen Pollschen auff!
Sälbst die weissesten Zeitlosen
sind nicht halb so weiß wie du/
wirffstu mir auß nichts alß Rohsen
lautter lihbe Blikker zu.

Schöner bistu fast als *Esther*/
das zertheilt mir alle Pein;
komb/du kleine *Venus*-Schwester/
sizz mir in den Schooß hinein!
Dein mit Roth gemischt Erblassen
macht mir tausend süsse Lust/
meine Finger rund ümbfassen
deine duppel Silber-Brust.

Blau durchs Fenster blinckt der Flihder/
nein/ich laß dir keine Ruh;
trukk mich/Kind/ich trukk dich wihder/

denn ich bün ein Mäntsch wie du!
Zwar dein schönstes Belvedere
hältstu listig noch verstäkkt;
daß ich nichts nicht mehr entpehre/
halt es nicht mehr zubedäkkt!

Ohnvergleichliche Salene/
dihsen Kuß hihr auff dein Wohl!
Deine zwo mahl sechzehn Zehne
sind von innen durchauß hohl!
Nichts wie Nasen sih mich drehen
dir für dihsem Rohsen-Dhor –
die *cato*nisch sauer sehen/
hau ich auff ihr *Midas*-Ohr!

ER WILL NICHT HEURATHEN!

Ode Trochaica.

Weisse Venus/nakkt und blohß/
Amor sizzt auff deinem Schooß;
seine Äuglein lustig glizzen/
deine Brüste Flammen sprizzen!

Trunckner bün ich alß Silen/
keiner kan für euch bestehn/
Jüden/Heyden und sälbst Christen
wisst ihr durchauß zu belisten!

Heimlich zwikkts mich bis zum Zeh/
abends/wenn ich *extra* geh;
doch ich hüte mich beym Naschen/
denn ich will nicht Windeln waschen.

Philurille/spey mich an/
niemahls werde ich dein Mann.
For mein angenehmes Wesen
hat mich Fillis itzt erlesen.

Alß ich letzt bey Chloen stund/
jükkte gleich-falls mir der Mund;
ach/ihr arg verlihbtes Hertzgen
brännt schon wie ein Räucher-Kertzgen!

Halt mich nicht for keinen Schwan/
denn ich bün ein Wetter-Han.
Hundret lihbe kleine Dinger
läkken sich nach mir die Finger.

Bey Moscat und Malvasir
pfeiffe ich auff Bitter-Bier.
Mandel-Dütgens find ich nüzze/
doch mir graut für Hafer-Grüzze!

ER STAMMT AUSS FLANDERN.

Ode Trochaica.

Dorilis räucht aller Orten
nach Confäkkt und Mandel-Dorten.
Doch manch hübsches Stellgen
hat auch Forabellgen.

Gantz mit Rohsen übergossen
glentzt auch Candie mir zum Bossen.
Sylviens Kuß-Korallen
gleich-falls mir gefallen.

Auch Marindgen ist mein Schmäkkgen.
Duppel-ründlig qwillt ihr Jäkkgen.
Und waß for ein Fellgen
hat erst Katrinellgen!

Cleliens halb verstekkte Dinger
lokken gleich-falls mir die Finger.
Auß Rubin die Spizzen
gäntzlich mich erhizzen!

Doch ich gläube/doch ich däncke/
wenn ich gantz mich dreyn versäncke/
sälbst bei Klariminden
würde man waß finden.

Blandula und Rosadore/
Purpuris und Zeliflore/
Sußgen und Moralle/
gölden sind sie alle!

Soll ich drümb mich nun erhäncken
und mich an den Galgen schäncken?
Oder mich beweiben?
Nein. Dihß laß ich bleiben.

Mit so angenehmen Dirnen
darff kein Schäffer sich verzwirnen.
Eine nach der andern!
Dafnis stammt auß Flandern.

ER SIZZT AUFF DEM PARNASS.

Ode Trochaica.

Unter Blühten tieff im Graß
sizz ich hihr auff dem *Parnass/*
Febus und die Drey-mahl-drey
dantzen ümb mich mit Geschrey.
Bachus/ der mir vor behagt/
Bachus hab ich abgesagt/
seit ich auff der Lihbsten Mund
Honig fund.

An die Rohsen ihrer Brust
dänck ich nicht ohn innre Lust/
wo voll Lilgen/Musc und Zimmt
das belihbte Milch-Meer schwimmt.
Beyde Hände tauch ich dreyn/
ach/wie sie beweglich seyn!
Venus ist nicht so geschnizzt!
alles sizzt!

Flinckern ihre Aeuglein her/
gläubt mein Hertz/es lebt kaum mehr;
küzzelt sie mich unters Kinn/
nein/wie ich dan frölig bin!
Jedes Fingergen der Hand/
alles ist an ihr galant/
alles ist an ihr mit Fleiß
Zihgen-weiß.

Zwar/ümb es nur zu gestehn/
alles kunt ich noch nicht sehn;
doch kein Zweiffel hänckt mir bey/

ob wohl auch der Rest so sey.
Ahn ich es doch lengst mit List/
wo sie grad am schönsten ist.
Amor kikkert/ *Venus* lacht –
heute Nacht!

ER HÄLT SICH VOR MEHR
alß die Übrigen.

Ode Jambo-Trochaica.

Itzt in Teutschland reymen leider
sälbst die Schühster und die Schneider/
und nicht einer ahnt zur Frist/
waß er for ein Delpel ist.
Alß ein Kerle von *Raison*
sage ich darzu blohß *bon*;
Eumelio/*Arcas* und *Sylvander*/
ihr könt mich alle mit einander!

Thyrsis zehlt sich zu den Großen/
die fast an die Sterne stoßen/
weil sein schlipffrichtes Gedicht
krumm wie ein *Oracul* spricht.
Jeden Morgen schlükkt das Schwein
sihben Bisem-Kugeln ein –
dein Sing-Sang bleibt for mich/Gevatter/
drümb doch blohß leeres Gantz-Geschnatter!

Der bald greise *Melibäus*
brillt noch ümmer wie *Tirtäus*
Hylas dritt die gantze Zeit
durchauß nur die *Venus* breit.
Silvius dahlt noch wie *Virgil*/
Selimanthes saufft zu vihl.
Noch stähts mußt ich/sorbald sie sangen/
für langer Weile Fliegen fangen.

Sälbst die gantz und durchauß Alten/
sollte mans for müglich halten?

Gräulich dropfft auß ihrem Steiß
Mehl-Tau/Molch- und Drachen-Schweiß.
Schwartz verhüllt sich mein Gesicht/
ohn Empfindung bün ich nicht.
Am mehrsten aber mich verschrökken
die Mäntscher mit den Fischbein-Rökken!

Durch so wühtende *Mänaden*
kam schon *Orfeus* schwehr zu Schaden;
denn er dachte sich darbey/
so klingt Uhl- und Hunds-Geschrey.
Wo solch eine Urschel böllt/
nimbt *Cupido* Färsen-Göldt/
denn saurer sind for keinen Gaumen
nicht ein mahl alte Schrumppel-Pflaumen.

Höchst belihbte *Pindus*-Priester/
nein/waß seyd ihr blohß for Biester!
Dihses muß ich durchauß schreyn/
denn ich kan nicht forchtsahm seyn:
*Zembl*ens Eyß ist nicht so dikk/
alß das Prett für eurem Plikk;
ich künt for euer *opitz*iren
euch mit Vergnügen *strangul*iren!

Euch ümbkrächtzen mahl die Raben/
mich wird man in Marmol graben/
weil mein Verß itzt/wie mir däucht/
nicht mehr nach der Lampe räucht.
Drümb so lohb ich mit Geschrey
mich und meine Schäfferey.
All meine Lidergens vom Lihben
hat gleichsahm die Naduhr geschrihben!

ER FÜHLT SICH
fast den Sternen nah.

Ode Trochaica.

Mitten zwischen *Nil* und *Indus*
sizz ich drällernd auff dem *Pindus;*
Ronsard/Rist und *Aretin*
siht man mir zu Füßen knien.

Selbst *Eurydice*/die Schöne/
horcht auff meine bundten Thöne;
süsser noch alß *Theocrit*
pfeiff ich ihr ein Hirten-Lid.

Phöbi splitternakkte Muhmen
dantzen ümb mich über Bluhmen;
waß sie forn und hindten zihrt/
ist auß nichts wie Schnee formirt.

Mopsus dreht sich Heißa Hopsa
rund ümb seine dikke *Mopsa*/
der von dem/was sie erlebt/
noch am Rokk das Stroh anklebt.

Flaccus/deine göldne Leyer
acht ich nicht drey Küpffer-Dreyer;
Dafnis/der verehrte Mann/
stößt fast bald die Milch-Bahn an!

ER BLUHSTERT SICH AUFF
alß ob er der Daradiridatumtarides wäre.

Ode Jambica.

Petrarcha schlich zu *Lauren/*
Rosander küßt Rosauren/
mich kan man stäts nach Zehn
bey Basimenen sehn.

Die Brüstgens sind ihr beyde
auß ohnbeschmuzzter Kreyde/
ihr Glantz for meinen Sinn
sticht alle Sterne hin.

Ihr Pärlemutter-Rükken
erfüllt mich mit Entzükken/
auch nimbt mich for sie ein
ihr wohl formirtes Bein.

Nur zäuberische Worte
haucht die Rubinen-Pforte/
darmit geht sie mir zahrt
ümb meinen Zihgen-Bahrt.

Ein halbes Viertel-Stündgen
lustirt mich so ihr Mündgen/
sordan reisst es mich fort
an einen andren Ort.

Am Bandelir die Zitter
zih ich für manches Gitter/
denn einer gantz allein
kan ich nicht freundlig seyn.

Die Gässgens auff und nihder
erschallen meine Lider/
singt doch sälbst meiner Treu
der grüne Bapegoy.

Wenn eine recht gefüglig/
ist mir das schon genüglig/
doch wenn sie nach mir brennt/
so fühl ich mich content.

Mit silbrenen Galaunen
säzz ich sie in Erstaunen;
das Wämbstgen/das mich zihrt/
ist dikk mit Gold brodirt.

Kombt wer mir in die Qwere/
dan hat ihn gleich auff Ehre
der alte Gözze *Baal/*
der Hellen-General!

Durch Fehder/Filtz und Krempe
stoß ich ihm meine Plempe/
von jeder Löffeley
mach ich ihn durchauß frey!

Die bleich verstellte Frazze
beschnoppt ihm Hund und Kazze/
ich dreh mich nicht mal um.
Hertz-Bruder/du bleibst stumm!

Mit Trekk statt mit Bomade
besprüzzt biß an die Wade/
bey Mahoms *Alcoran/*
darzu bün ich der Mann!

Mein ohnverstelltes Wesen
ist nicht for Fehder-Lesen/
noch nie hab ich die Nacht
mit Schnarchen zugebracht!

Drey Duzzend Göldne Gulden
mach ich dagdäglich Schulden,
drümb kom mir keiner nah –
Morbleu/wer huhstet da!

ER SIZZT MIT SEINEN
Kompanen im Sauff-Hauß und solmisirt ihnen/
wofor er sie frey-hält.

Ode Jambica.

Itzt/bitte/basst mahl Acht.
Itzt zupff ich euch ein Zötgen/
und hindter jedem Nötgen
stoßt an/daß alles kracht!

Ich schländre so die Gracht.
Kaum schwänck ich ümb die Ekke/
gleich grüßt mich eine Kekke
In *Venus*-stoltzem Pracht!

Ich bränne wie ein Dacht.
Willstu mein Feuer löschen?
Sih/hihr sind drey-zehn Gröschen/
versprich mir dihse Nacht!

Sie siht mich an und lacht.
For so vihl Silberlinge
dhat mancher manche Dinge/
ich dhu es schon for acht!

Worhin war ich gebracht?
Ein Lämpgen mit Gefunckel
verstreute kaum das Dunckel/
ihr Bett stund schon gemacht!

Cupido blihß zur Schlacht.
Sie war zu adorabel
vom Zeh biß zu dem Nabel
ohn alle jede Dracht!

Wir kniepten uns nicht sacht.
Sie musste sich mir borgen
deß offtern biß zum Morgen
in ihrem Fehder-Schacht!

Printz *Titan* wihder wacht.
Itzt sizz ich hihr im Luxen/
den Fünwer zu verjuxen –
wer hätte daß gedacht?

ER DURCHSAUFFT MIT SEINEN
Gesöllen die gantze Nacht im blauen Oriflanten.

Qwodlibet.

Printz *Hesper* kam gegangen/
sein Silber spihlt im Kolck;
lengst traumt auff seinen Stangen
das prawe Hühner-Volck.
In den geschwärtzten Gassen
geht Licht an Lichtgen auff;
daß Zweene sich ümbfassen/
ist itzt der Welt ihr Lauff.
Das faule Fiamettgen
begibt sich schon zur Ruh/
erst kükkt es unters Bettgen/
dan mümmelt es sich zu.
Nur wir/die gantz Entbrannten/
sind noch so ranck wie risch/
im blauen Oriflanten
dröhnt unser Runda-Disch!

Bachus/wer sich dir verpflicht/
blazzt nicht an der Wasser-Gicht!
Lüderlich mit *Espagnol*
stopfft er sich die Nase voll/
Schwamm und Schimmel Finger-dikk
zihren ihm sein Bücher-Rikk!
Dein Burdeau
mach uns froh!

Soll er dir verkellern?
Blizzen laß
Glaß an Glaß
zwischen Kuchen-Dellern!

Fast so sind uns deine Weine
bläncker alß *Cytheren*s Beine!
Wer sich deiner nie beflissen/
wird bespukkt und rauß geschmissen!

Pallas/altes Schrekk-Gestell/
du ligst uns im Magen!
Dein mit Staub bepudert Fell
schafft uns nicht Behagen!
Dein Kleid auß violettem Dafft
ist würcklich schon waß mangel-hafft!
Zwar deinem Scheddel fehlts an Grüzze/
doch däkkt ihn eine Zobel-Müzze/
darfor so hänckt dir ohngelogen
dein Rükken wie ein Fidel-Bogen!
Alles schlampt dir schon verqwarckt –
sizz dich auff den Kräutter-Marckt!

Titan bläst auff seinem Rohr
blohß noch denen Lämmgens vor/
weil sein Hertz zu jeder Zeit
Dafne/*Dafne*/*Dafne* schreyt!
Nichts vergleicht er an Gewalt
ihrer himmlischen Gestalt;
gleich so ist er hin für Glükk/
siht er blohß ihr Achter-Stükk!

Lengst verdreusst uns sein Gebrülle
über ihre Busen-Fülle;
for die Waden vihl zu kortz
ist ihr kleiner Schäffer-Schortz!
Ob sie/wan sie an ihn dänckt/
würcklich ihm ein Zährgen schänckt?
Schafft ein Zwiebelgen uns ran/
daß man ihn beweinen kan!

Mars/der vor blohß Kugeln spieh/
ward zum *Alamodo*-Vieh.
Seine Zokker-Zunge schläkkt
nur noch waß nach Franckreich schmäkkt!
Die Stieffelgens auß feinstem Jochten/
die Hahre durch und durch verflochten/
das Mäntelgen auß steiffstem Sammt –
kaum *Troja* sälbst hat so geflammt!
Morgends schon um halber Vier
sizzt der Lemmel beym Bolbier/
dan so sucht er nachts biß speht/
wo der Weg durch Mäntschen geht.
Basilille/alte Kuh/
plinck ihm nicht verstohlen zu!
Sein Fläschgen ist schon fast wie leer
und die Dinte fleusst kaum mehr!

Volcanus/rauch an Hahren/
läßt donndrend einen fahren;
er blihb/zu sehr gesund/
der alte grohbe Hund!

Den lezzten Deut verkehrt der Zwikkel
zu Mett-Worst und zu Bompour-nikkel
und stellt for Malvasir
ein sehr gutt Zerbster-Bier!
Blanck bezihren hundret Reste
seine Uhr-Großvatter Weste/
darzu so speyt er Thobakks-Safft/
solches ist jo ekkel-hafft!

Venus/seine lihbe Frau/
kännen wir fast zu genau/
die durch alle Gassen rennt/

weil sie wie ein Stroh-Wisch brennt!
Offt schon hat sie ohngenirt
uns das Canapee bezihrt;
daß ihre Ründungen nicht treugen/
läßt sie sich jeden überzeugen.
Wie schön/daß Sowaß heut der Mann
schon vor zween Gröschen haben kan!

Cupido/Vettergin/
wirff deinen Bogen hin/
weil nichts nicht dihse Nacht
uns dir zintz-bahr macht!
In kein Kleidgen ohne Schleiffen
werden wir biß morgends greiffen;
Fillis kan uns nicht bekräncken/
wenn wir unsre Gläser schwäncken!
Rhein-Wein blohß und Mosel
schleifft uns ran die Rosel/
nach der Väter Weise
drincken wir im Kreise!
Sälbst der geulste Hottendott
kippt itzt einen Bergamott/
er bräucht dan/ziht er zihmlich kühn/
nicht erst den *Medicum* bemühn.
Friß! Schling!
Sauff! Sing!
Sizz dich zu uns/kleines Männgen/
statt deß Zolps wähl dir ein Känngen!

ER SINGT IHNEN
während deme sie drincken/in die Laute/
wordrauff sie ihme ümmer/zum Clavicembalo/
vergnügt antworten.

Qwodlibet.

DAFNIS:

Überlege ich den Bau
dihser Welt mir gantz genau/
füllts wie frölig mir den Sinn/
daß ich noch kein Seraf bin.
Denn dan hätt ich tummes Hänßgen
Flittgens wie ein Pauren-Gänßgen/
darzu nichts wie Gloria schreyn –
Tebel/muß daß schrökklich seyn!

DIE PURSCHE:

Sihstu woll/sihstu woll/
mach nicht so vihl Boltriboll!
Gleich so ist man gantz verrazzt/
wenn man mahl erst ab-gekrazzt!

DAFNIS:

Dihses kan ich von mir sagen
mit dem größten Hertz-Behagen:
itzt so sizz ich durchauß da/
völler alß *Gargantua!*
Austern/Schild-Krot/Schnekken/Fische
miß ich ungern auf dem Dische/
Hirse-Brey und Arme Ritter
laß ich for die Hochzeits-Bitter.
Donkischot und *Petersquentz*
machen für mir Reverentz;

Nectar ist mir zu gemein/
es muß Bacharacher seyn!
Gern so gönn ich dir/Hannß Qwast/
deinen dikken Lorrbör-Ast/
wan ich dan durch Mund und Nase
angenehmsten Rauch verblase!

DIE PURSCHE:
Gott segne dich/Herr Bruder/
waß bistu for ein Luder!
Ümb deinen complaisanten Thon
beneidet dich sälbst *Corydon!*

DAFNIS:
Nie noch sah mich die Gedult
über ihrem Bücher-Pult;
auß Qwartanten/dikk verstäubt/
hab ich mir nichts rauß gekläubt!
Mit dihsem Krantz/der mich bezihrt/
hat *Febus* selbst mich *coron*irt;
nichts nizzt for ein Teutsch Geticht
Pallas/die blohß Griechisch spricht!

DIE PURSCHE:
Pärlen fässt man blohß in Gold/
drümb so sind wir Dafnis hold!
Sein *hippocren*isches Gesprudel
ist nicht blohß leeres Verß-Getudel!

DAFNIS:
Des Himmels franck/der Hölle lohß/
Trutz dir/du hämisches Gelichter!
Mein Hieber blizzt zu Stich und Stoß/
Die Pesth auff alle Splitter-Richter!

Nur auff mich sälbst bün ich gestellt/
was kümmert mich die Affter-Welt?

DIE PURSCHE:

Jeder seiner Drillergin
nimbt uns fast uns sälbst darhin!
Gleich ist unser Hertz entführt/
kaum daß er die Säyten rührt!

DAFNIS:

Scheint mir heute alles schaurig/
sticht mich morgen mehr kein Floh;
unterweilen bün ich draurig/
unterweilen bün ich froh.
Zu Dorillgen ab und zu
muß ich mich schon dappen/
denn man kan doch ümmerzu
nicht blohß Weißheit schnappen!
Ümb ihr halb entblösstes Knie
lihß ich mich begraben;
for die *Metaphysici*
bün ich nicht zu haben!

DIE PURSCHE:

Sälbst die uns entfernte Griechen
müssen sich für ihm verkriechen!
Darzu gibt ihm frölig Krafft
Bachus und seyn Laster-Safft!

DAFNIS:

Stähts blohß sauer blikken macht
außgenommne Hirne!
Wahre Weißheit dantzt und lacht
bey entwölckter Stirne!

Wahre Weißheit ist ein Seim/
süsser noch alß Honig-Schleim!
Ich drinck sie /statt auß *Platons* Buch/
auß meiner Liebsten lincken Schuch!

Die Pursche:

Lasst euch alle durch sein Leben
ein verehrtes Beyspihl geben/
der mit seinem Dugend-Bracht
sälbst die Sterne schahm-roht macht!

Dafnis:

Pereat der tumme *Plato*/
der/fast saurer noch alß *Cato*/
uns *Cytheren*s Lust verwieß!
Brüder/sie allein verkehrte
dihse Welt/die schon verheerte/
wihder in ein Baradihß!
Nichts erfreut so meinen Mund/
wie ein sanfftes Duppel-Rund/
nichts verzükkt mir so die Finger/
wie die zahrte Silber-Dinger!
Das sind von allen Sachen
die schönsten auß der Welt/
darmitte kan man machen
durchauß waß blohß gefällt!
Schöss man doch mit solchen Ballen/
wo die Feld-Karthaunen knallen!
Gleich so bün ich Kriegs-gesinnt/
wo die Kugeln Küsse sind!

Die Pursche:

Als Pursche sind wir durchauß ehrlich/
die Mäntscher sind uns nicht entpehrlich!

Ein guhtes Bier/ein guhtes Buch
und Fillis ohne Busen-Tuch!

DAFNIS:

Gläubt mich eine rächt gefangen/
bün ich ihr auch schon entgangen;
nur zum Schein bün ich verlihbt/
biß ich ihr was abgedihbt.
Jupiter sambt seinem Plizze
hat nicht halb so vihle Hizze/
drümb so sag ich rächt mit Fug:
Eine ist mir nicht genug!
Unterm Pusch und hindterm Zaun/
heute schwartz und morgen braun/
eh ein Jüngffrichin sichs dänckt/
ligts auch schon ins Graß geschwänckt!
Niemals künt ich es versprechen/
dihses Volcks mich zu entbrechen/
for seine Honig-süsse Menge
sind meine Blättgens vihl zu enge!

DIE PURSCHE:

Pflükkt die Stunde/eh ihr sterbt/
weil euch noch die Jugend ferbt!
Titan sälber ligt verprasselt/
sind wir mahl erst abgerasselt!

DAFNIS:

Venus/du süsse Frau/
dein schlancker Marmol-Bau/
der nichts wie Zokker schwizzt/
hat mich dir gantz erhizzt!
Gärsten-Mehl und Eyer-klahr
mänckstu dir ins Purpur-Hahr/

deine mehr alß zahrte Haut
gläntzt mit Rohsen unterbaut!
Will man dich mal baden sehn/
bräucht man blohß dorfatim gehn!

Die Pursche:

Die Mäntscher auff dem Dorff
zihrt nichts alß Grind und Schorff/
weil waß in den Küh-Stall kräucht/
nur nach Mist und andrem räucht!

Dafnis:

Dorindgen war so höchst verwegen
für Mittags sich ins Stroh zu legen.
Dafnander hielt das gantz verbohten
und schlich zu ihr auff Kater-Pohten.
Vorerst versuchte sie zu beissen:
Botz Schlapperment/was soll das heissen?
Doch dann so hat sie ihm vergönnt/
waß ihr euch bey-nah däncken könnt!

Die Pursche:

Charlottgen dhat nechst purschikos/
na/wirds dan endlich/Kerrel/lohß!
Schon manchen lihß sie bey sich ligen/
man bräucht ja nicht gleich Kinder krigen!

Dafnis:

Cypripor/du kleiner Schlingel/
eben warstu noch ein Kringel;
kaum daß Chloe zu dir spricht/
bistu gleich ein Kirchen-Licht!
Nächtens erst um halber Vier
zogst du durch den Schwartz-Wald ihr/

fast beschehmbt so deine Krafft
sälbst Sankt Jörgens Lantzen-Schafft!

DIE PURSCHE:
Itzt melodiren wir die Weise:
wers hört/der zahlt drey Fleder-Läuse!
Dorindgen/fleuch in grosser Eil/
uns förcht sonst for dein Mutter-Teil!

DAFNIS:
Kaum daß Susilis empfand
meine Schertz-gewohnte Hand/
die ein Veilgen blaues Band/
nah am Knie/ihr löste/
gleich so stieß ein gantzes Stükk
ihre Hand mich jäh zurükk/
alß ihr Busen/mir zum Glükk/
gleichfalls sich entblöhßte!

DIE PURSCHE:
Wein und Bier sind da zum Drincken/
und zum Essen sind die Schincken!
Rund und voll sey ihre Brust/
wir sind nicht for Knochen-Lust!

DAFNIS:
Basilette stinckt nach Buder/
gleich so ist man ihr zu kühn/
nein/ümb so ein tummes Luder
würd ich mich nicht erst bemühn.
Fang dir Mukken/fang dir Mukken/
fang dir Mukken/süsses Kind/
hindterm Rukken/hindterm Rukken/
hindterm Rukken bistu blind!

DIE PURSCHE:

Himmlisch lächelnde *Cythere*/
dihse zwikke schlau und scharff!
Waß nizzt uns eine Dabbat*iè*re/
wenn man auß ihr nicht schnupffen darf?

DAFNIS:

Grittgen greinte/nein/ich dhus
nicht mahl ümb ein Linsen-Muhß!
Six/man muß sie blohß mahl sehn
for die Gänßgens Nudeln drehn!
Susa/*Memfis* und *Korint*
überwände dihses Kind;
süsser lächelt/zährter spricht
die verlihbte Sapffo nicht!

DIE PURSCHE:

Sälbst die göttliche Belise
ist kaum halb so schön wie dihse!
Wollen-weich und Butter-glatt
ist waß sie forn und hindten hat!

DAFNIS:

Göldner alß das Glükks-Land *Gosen*/
ümb und ümb auß Boesie/
Tau-besprizzte Morgen-Rohsen
sind nicht himmlischer wie sie!
Dafnander ist ein Trommethar!
Allein auf ihre schwartze Wimpern
bey sonst fast blond gelokktem Hahr
künnt ich drey duzzend Lidgens klimpern!
Leider hält ihr Händgen fäst
waß sich mit nichts vorgleichen läßt!

Die Pursche:

Auß Furcht vor die bekandte Wochen
hat schon *Lukrezie* sich erstochen!
Amanden ging es dorch und dorch/
sie gläubt noch an den Klapper-Storch!

Dafnis:

Ein muntres Kind ist auch Marie/
ich meine nur/von wägen!
Mit voller Brust und rundem Knie
dratt sie mir offt entgägen;
doch weil das Luder ümmer schrie/
kunt ich sie noch nicht lägen!

Die Pursche:

Nie noch hat uns waß versagt
unsres Pfund-Wirths dikke Magd –
neinnein/man wagt es nicht zu nennen/
Rosildgen lihbt das Ringel-Rennen!

Dafnis:

Barbaris misst sihben Ellen/
nirgends basst ihr keine Banck;
kan man sich da zährtlig stellen?
Nein/sie ist for mir zu lang!
Sälbst der Regenspurger Strudel
reicht ihr kaum biß übers Knie/
dudel/didel/didel/dudel/
dudel/didel/di!

Die Pursche:

Krispingen ist darfor zu kortz/
daß macht/es fehlt ihr die Proportz;

drümb flieht sälbst der kleinste Floh
ihr bedrühbtes Wittwen-Stroh!

DAFNIS:

Clelie ist schon nicht mehr jung/
doch for ihren alten Strunck
scheint sie mir fast zu schade;
ihre Bäkkgens sehn nicht blaß
und ihr duppelter *Parnass*
hebt sich noch gantz grade.
Blohß mir scheint/sie stäkkt voll List
fast noch mehr alß ein *Chimist.*
Ich gläub/sie hat waß hindtrem Ohr/
für solche Thiergens sih dich vor!
Die mich so zährtlig küsste/
alß wärs ümb sie geschehn/
letzt hab ich ihre Brüste
in Megalanders Hand gesehn!

DIE PURSCHE:

Lüderlich/lüderlich/
lüderlich sind alle Weiber!
Nechst als Stax zu Chloen schlich/
küssten sie drey Ocksen-Dreiber!

DAFNIS:

Mein Gott/da bocht ja der Bapa!
Klorinde bebt für Schrekken.
Man muß sich/waß schon offt geschah/
im Kleider-Schranck verstekken.
Man weiß/er macht nicht erst Fikk-Fakk/
sein Hündgen hört man krazzen
und zählt noch schnell in seinem Sakk
die Dodten-Gräber-Bazzen!

Die Pursche:

Sälbst Rohsen hören auff zu räuchen/
wenn frembde Kefer sie bekräuchen;
bey *Stambols* halbem Mohnd –
wir sind daß nicht gewohnt!

Dafnis:

Margaris hat drey Amanten/
drey ist keine grade Zahl/
drümb for solche Leib-Drabanten
wär ein vierter kein Skandal.
Keine küsst so fäst wie sie/
Grübgens zihren ihr die Knie/
über ihre hindtre Sachen
siht man gleich-falls solche lachen.
Nein/ich hätte nichts dargägen/
ab und zu halt ichs for Pflicht/
daß mahl ohnversehns mein Dägen
einem durch die Därmer sticht!

Die Pursche:

Dafnis/Dafnis/du Filou!
Drinckt ihm einen Rund-Drunck zu!
Seine angebohrne Gaben
lässt er auch noch Andre laben!

Dafnis:

Sic vivamus/ihr und ich/
Brüder/wir sind lüderlich!
Ich würd sonst würcklich nicht so lärmen
auff den gedrehten Zihgen-Därmen!
Dihß Bresend von meinen Musen
hab ich nie noch nicht entweiht:

ächtzt ich wo an einem Busen/
ächtzt ich nie auß Draurigkeit!

Die Pursche:
Serenaten for Kastraten
sind ihm ümmer noch mißrahten!
Noch in *Charons* schwartzem Kahn
pfeifft er nach dem *Venus*-Schwahn!

Dafnis:
Zerschlizzte Sylvia/
mein Gott/waß hastu da?
Daß hat dich manche Nacht
wohl schon vergnügt gemacht?
Hüll nicht in Boy und Flohr
dihß süsse Rohsen-Dhor!
Dort lacht for jeden Mann
das schönste *Canaan*!

Die Pursche:
Schon manche worff sich ihm ins Graß
auß lautter Hage-Steltzen Haß!
Schon manche lihß von ihm verstohlen
sich ihren Tudel-Sakk besohlen!

Dafnis:
Bün ich gleich auch nie zu faul/
knakkt fast stäts die Diele:
for dihß eine eintzge Maul
gihbt es fast zu vihle!
Befeuchtet die gelährte Lunge
und singt/seys sälbst bey schwerer Zunge:
Alle/ob das Hertz auch bricht/
alle lihben kan man nicht!

Die Pursche:

Ists nicht Fillis/ists Klorinde/
danckbar sind wir jedem Kinde/
wenn ihr kleines Feigen-Blatt
blohß mit uns Erbarmniß hat!

Dafnis:

Alle Augen! Alle Guscheln!
Alle nichts alß Purpur-Muscheln!
Alle rund-gewölbte Hüfften/
Die Jeßmin und Rohsen düfften!
Früher oder später
werden wir mahl Väter!
Pakkt die Krüge ümb die Henckel:
Auff das Wohl-seyn unsrer Enckel!

Die Pursche:

Auf das Wohl-seyn aller Waden/
die mit Milch und Schnee beladen!
Vihl zu schön sind solche Engel
for die tumme Kauffmanns-Bengel!

Dafnis:

Einst/ich weiß/daß dihß geschicht/
rafft mich *Clotho* auß dem Licht;
einst/so ist es mir bekant/
däkkt mich mahl der schwartze Sand;
einst so lig ich hin-gesträkkt/
biß mich die Posaune wäkkt!
Keiner Brüste Kugel-Rund
wird mich dan mehr laben/
Cerberus/der Hellen-Hund/
beisst mich in die Waben!

Dan erst wird so rächt mir klahr/
waß ich for ein Scheu-Saal war!

DIE PURSCHE:

Itzt so lebstu höchst vergnügt;
drinckt/weil sich noch alles fügt!
Alle Scheiben splittern eyn/
wenn wir Licht weck/Licht weck schreyn!

DAFNIS:

In hundret Jahren sind wir taub.
Waß blihb von uns dan? Nicht mahl Staub!
Saufft und singt in die Diorben:
Sälbst die Götter sind gestorben!

DIE PURSCHE:

Biß *Aurora* wihder lacht/
sizzen wir die gantze Nacht!
Nichts reisst unsern Fürsazz eyn/
lasst uns drümb ein Drinck-Lied schreyn!

ALLE:

Bachus/wer sich dir verpflicht ...

Und so fort. Biß an den Morgen.
CUM GESTIBUS!

ER FREUT SICH/
daß es Sommer ist.

Ode Trochaica.

Itzt/da alle Rohsen blühn/
dafelt man blohß noch im Grün/
wo drey wunder-nette Bircken
eine Wasen-Banck ümbzircken.
Kleine Bluhmen blau und weiß
zäubern dort ein Paradeiß/
dreyn sich Käferckens und Hummeln/
ja sälbst Schmetterlinge dummeln.

Grawitetisch Schritt vor Schritt/
jeder nimbt sich Seine mit/
durch die bundten Laub-Verhänge
wandeln wir die Tulpen-Gänge.
Wie verzukkt enthaucht ein Ah/
itzt so sind wir endlich da/
lihblich räucht es allenthalben
und die Lufft durchtzwittschern Schwalben.

Chloe/geuß uns Koffe ein/
der erfreut itzt mehr denn Wein/
zu gebakknem Lamms-Geschlinge
machen sich itzt Pfifferlinge!
Butter-Milch mit Bayrisch-Kraut
schafft uns nicht zu grohbe Haut/
freundlich reichen wir einander
blau gekochten Bley und Zander.

Pamfilenchen streicht galant
Kowjar-Schnittgens for Palant/

zahrt durch ihr korallnes Pförtgen
schihbt er ihr ein Erdbeer-Dörtgen.
Doris drukkt sich rund und froh
rächt an ihren Florido/
Damon angelt unterm Dische/
daß er Flaviens Fuß erwische.

Wo *Cupido* dirigirt/
sichs fürtrefflich musicirt/
Harffen/Lauten/Zymbeln/Geigen/
itzt dürfft ihr nicht lenger schweigen!
Stimmt die Kehlen/Mann for Mann/
alles hebt zu singen an/
Rosilis und Philirille/
keine hält ihr Mäulgen stille!

Mit der schönen Galathee
wältz ich mich schon fast im Klee/
lasst uns mit gefülltem Pantzen
rund ümb dihse Bäumlein dantzen!
Alles jubelt/juhcht und schreyt:
O du Sonnen-süsse Zeit!
Nakkt/auff hundret weissen Wölckgen/
siht uns zu ein *Zefir*-Völckgen.

DER HUNDS-STERN
verbrännt ihn fast.

Qwodlibet.

Titan sich mit *Tellus* drukkt/
das sind die blauen Tage;
ich bin ausser mir/verzukkt/
ich weiß nicht/waß ich sage.
Itzt ist die gantze Welt
ein bundtes Rohsen-Feld/
itzt ist es schön;
die schwartze Nachtigall
verübt am Wasser-Fall
ihr süß Gethön!

Zwischen Hertz-Kraut und Kamillen/
drauß die zährtsten Düffte qwillen/
lihgt *Apoll* in tieffem Traum
unter einem *Lorbeer*-Baum/
der/wenn früh die Sonne blizzt/
nichts alß nur Juwelen sprizzt.
Blanck darzwischen steht betaut
Frauen-Hahr und Wihgen-Kraut/
kleine Schaafe weiß wie Schnee
weiden ümb den Mümmel-See.
Feister Klee/gesunder Qwendel/
krause Müntze und Lawendel/
Hahnen-Tau und Sonnen-Rauch/
alles muß in ihren Bauch!

Wie ümb den Ulmen-Baum die Rebe/
schlingt sich ümb *Hercules* itzt *Hebe*/
man siht den schilfichten *Neptun*

vergnügt bey *Amfitriten* ruhn.
Venus/nakkt biß unters Kinn/
kikkert/kukk mal/wie ich bin.
Marspiter schmeisst auff den Flekk
seinen blancken Harnisch weck.
Drauff so trukken beyde sich
embsiglich!
Für nichts alß Rosen-Ketten
weiß er sich kaum zu retten/
auß ihren Mund-Korallen
auff ihn bloß Küssckens knallen.
Stähts bemüht/sich zu verpaaren/
pakkt er sie bey ihren Hahren/
süß durch seine Raserey
trifft sein Ohr ihr Lihbes-Schrey!

Rosilis lihgt auff dem Rükken/
nun sey blohß kein Knoten-Stokk/
du brauchst dich nur nach ihr zu bükken/
der Wind hebt ihren Sommer-Rokk.
Nichts nicht lässt er ohnberührt/
wie sich solches itzt gebührt;
Pan auff seynen sieben Röhren
läßt sich fern im Pusch-Werck höhren!

Gleich so nehm ich bey ihr Blazz:
Kindgen/traumt dir itzt dein Schazz?
Laß den thummen Lemmel lauffen/
er wird gewiß itzt Broihan sauffen!
Ich verschmachte/ich verschwizze/
wie ein Gräsgen in der Hizze;
küß mich mitten auff den Mund/
schön bün ich nicht/doch sehr gesund!
Rohsen zihren blohß die Häkken/

daß an ihnen Weßben läkken/
drauff so gihb mir deine Hand
alß belihbtes Unter-Pfandt!

Mit den allzu sehr Suptilen
förchtet man sich fast zu spihlen;
doch dihß gläub ich fäst und steiff/
deine Oepffel sind lengst reiff.
Ein Griffgen/das nichts räubt/
ist überall verläubt;
worhin man auch die Finger legt/
du bist rächt wohl verpflegt.
For so rohsige Pilaster
weicht der zihrste Alabaster/
kaum *Apell* hat so gemahlt
waß wie Tulpen-Athlaß strahlt!

Ey/ey! Ey/ey! Bozz Klekkgen!
Waß ist denn daß vor Flekkgen?
Sälbst waß ihn rundrümb zihrt/
ist durch und durch ambrirt!
Fast so acht ich höher dihß/
als des *Jason*s göldnes Vlihß –
die aller-kleinste Sachen
offt am vergnügsten machen!

Nichts alß Lihbe brachte um
*Thisbe*n sowie *Pyramum*/
Dido hat sich gantz durchstochen/
Saffo gar den Haltz zerbrochen/
eine Wildt-Sau fraß *Adon*/
Pygmalion starb ümb Töpffer-Ton/
Leander ist ersoffen/
Dafne davon-geloffen/

Pythia auff dem Dreyfuß-Sizze/
Pythia sälber briet für Hizze/
ach/es fing sie alle/alle
Amor deine Mause-Falle!

Ey/kukk/wer kombt denn dort geflogen?
Cupido mit dem Fidel-Bogen!
Dein rohtes Mündgen/das gelacht/
hat ihn dir gantz verlihbt gemacht.
Nun schihßt der kleine Flegel
gar durch die Lufft Kopps-Kegel
und lässt sich husch/husch/husch
in einen Bluhmen-Pusch.
Er sizzt in lautter Rohsen
und singt und lacht:
Waß habt ihr blohß/ihr Losen/
gemacht?

ER LAUSCHT EINEM VÖGELGIN.

Ode Trochaica.

Nun ein blendend blauer Himmel
wihder über *Tellus* hängt/
dran in fröhlichem Gewimmel
Schäffgen sich an Schäffgen drängt/
unter dikk vermänckten Sträuchen/
die nach nichts alß Rohsen räuchen/
in das Graß/so lang ich bin/
einsamb sträkke ich mich hin.
  Schluchtzt ihr Flöhten/klagt ihr Geigen/
  blüht mein Hertz auch roht wie Mohn/
  zum *Cocythus* muß ich steigen/
  klagt ihr Flöhten/schluchtzt ihr Geigen/
  und zum schwartzen *Fleggethon!*

Kukk/mit auff gewipptem Schwäntzgen/
bundt auff einem Schlehdorn-Ast/
lädt ein kleines Fehder-Häntzgen
freundlig sich bey mir zu Gast.
Ach/mit seiner süssen Kehle
singt es sich mir in die Seele;
waß es tzwittschert/zürbt und zihbt/
macht mich durchauß ihm verlihbt.
  Schluchtzt ihr Flöhten/klagt ihr Geigen/
  blüht mein Hertz auch roht wie Mohn/
  zum *Cocythus* muß ich steigen/
  klagt ihr Flöhten/schluchtzt ihr Geigen/
  und zum schwartzen *Fleggethon!*

Zittschre/tittschre deinen Kummer/
schleiffe/pfeiffe deine Lust/

drillre gleichsahm wie in Schlummer
meine rund-ümbnagte Brust!
Rohsen/Tulpen und Cupressen/
alles blüht und wird vergessen/
alles muß nach kortzer Zeit
in die tunckle Ewigkeit!
  Schluchtzt ihr Flöhten/klagt ihr Geigen/
  blüht mein Hertz auch roht wie Mohn/
  zum *Cocythus* muß ich steigen/
  klagt ihr Flöhten/schluchtzt ihr Geigen/
  und zum schwartzen *Fleggethon!*

Ich und du/wir alle beyde/
müssen in den gleichen Stand;
dihse schöne Sommer-Heyde
schlukkt uns in den sälben Sand!
Königs-Kertzen/Kayser-Krohnen
sind vor ihr wie Lauch und Bohnen;
sollt ich drümb nicht offt allein
heymlig mit mir traurig seyn?
  Schluchtzt ihr Flöhten/klagt ihr Geigen/
  blüht mein Hertz auch roht wie Mohn/
  zum *Cocythus* muß ich steigen/
  klagt ihr Flöhten/schluchtzt ihr Geigen/
  und zum schwartzen *Fleggethon!*

ER SPAZZIRT MIT IHR
durch einen schönen Sommer-Tag.

Ode Trochaica.

Weil die schönen Sommer-Wochen
wihderümb herfür gekrochen/
bün ich gleichsahm wie entzükkt/
wenn betaut von Pärlen-Kräntzen
der saffirnen Felder Gläntzen
fast mich auß mir sälbst entrükkt!

Morgends schon in aller Frühe
dreibt *Melampus* seine Kühe/
Titan sälbst ist kaum schon wach/
und sie hängen ihre Eutter
Bluhmen-käuend in die Kreutter/
blanck vorüber rauscht der Bach.

Zwischen grünen Amaranthen/
zwischen feisten Alakanten/
wo die dikksten Spindeln stehn/
unter Wolcken-hohen Eichen/
die fast an die Sterne streichen/
laß uns itzt spazziren gehn!

Wo die weissen Lämmer grahsen/
stört uns kein Trompeten-Blahsen/
Mars lihgt itzt der *Venus* bey.
Weil ihn ihre Brüsten pressen
hat er gantz und gar vergessen
Trummel-Schlag und Feld-Geschrey.

Mit Frau *Flor*ens bundter Waare
kräntzt er ihr die göldnen Hahre/
daß das Hertz ihr lacht und springt/
biß sie wie zwey Reben-Trauben
zahrt sich durcheinander schrauben/
worzu süß ein Vogel singt.

Sih aus spihlenden Opalen
dort den Regen-Bogen strahlen –
fort die Grillen-Fängerey!
Hindter unbeschnittnen Myrthen
blahsen durchauß ferne Hirten/
niemand/der nicht fröhlig sey!

Itzt mit Dünnen/wie mit Dikken/
schlägt sich mancher in die Wikken/
oder auch ins Rokken-Feld;
überall auff allen Trifften
hört man nichts wie Heyrath stifften/
klar-blau blizzt das Götter-Zelt.

Dort in jene kühle Grotte
schlipffte eben Marmelotte/
sollte drin nicht Strephon seyn?
Laß die Frevel-Mäuler schwezzen!
Wenn sie sich nur rächt ergezzen!
Wer wird gleich Lamento schreyn?

Auß verguldeten Narzissen/
gantz auff Ueppigkeit beflissen/
kukk/Mirtillchen und Mirtill!
Zwo bewegliche Korallen
üben sich auff ihm mit Knallen/
wie ein Lämmgen hält er still.

Nicht doch/nicht doch/lihbes Kindgen/
nicht doch/nicht doch/kreischt Dorindgen/
doch es ist bereits geschehn/
und ihr zu verlihbtes Bübgen
küzzelt sie schon in das Grübgen –
kom/wir wollen weiter gehn!

Denn auch wir sind keine Engel/
pfiff der kleine Galgen-Schwengel
uns nicht dihse gantze Nacht?
Unter dausend süssen Schertzen
lagen wir uns Hertz am Hertzen/
ach/hat mich das froh gemacht!

Jenes angenehme Jükken
fühlen sälbst die Mammelükken/
drümb so laß sie gantz allein;
wo zwey Lihbste und mit Lachen
durchauß Gribbes-Grabbes machen/
darff man niemahls *Argus* seyn!

ER BRINGT IHR
ein Nacht-Musikgen.

Ode Dactylo-Trochaica.

Titan schloß sein Wogen-Hauß/
Morfeus sät die Sterne auß/
die wie kleine göldne Flekken
gantz den Horizont bedekken.
Alles schläfft itzt nach Gebühr.
Drümb bey so bestellten Dingen
laß mich hihr für deiner Thür
dir ein Nacht-*musicg*en bringen.
Hesper geusst schon Silber dreyn
und man hört die Fröschgens schreyn.
O formosissima/
veni/puella!
Prata mollissima
visita/bella!
Luna nos invitat/
hic spatiari.
Cor meum palpitat/
eheu/amari!

Itzt ist Alles wihder stumm/
Tellus dreht sich noch mahl um/
durch die ungemeine Stille
zahrt und zihrlich zirpt die Grille.
Weiß/wo sich *Diana* wusch/
hipfft und plätschert die Fontehne
und auß jedem Rohsen-Pusch
haucht ein *Zefir:* Aramene!

Leise rauscht in deinen Traum
der ümbgläntzte Mandel-Baum.
O formosissima/
veni/puella!
Prata mollissima
visita/bella!
Luna nos invitat/
hic spatiari.
Cor meum palpitat/
eheu/amari!

Itzt vom *Indus* biß zum *Nil*
geht ein süsses Bossen-Spihl.
Mit nur ungezihmbten Sachen
weiß man sich vergnügt zu machen.
Venus schleicht sich zum *Adon*
nakkend unter dikken Mirthen/
ümb den angenehmsten Lohn
ringen Hirtinnen mit Hirten.
Ach/man bringt sich gantz und gar
in die eusserste Gefahr!
O formosissima/
veni/puella!
Prata mollissima
visita/bella!
Luna nos invitat/
hic spatiari.
Cor meum palpitat/
eheu/amari!

Hercules/der tummpe Tapps/
kricht itzt manch verlihbten Klapps.
Zwey ambrirte Zokker-Dinger
füllen ihm darfor die Finger.

Auch waß ich hihr nicht benannt/
weil mir solches nicht verläubt ist/
nimbt er gantz in seine Hand/
biß er fast darvon betäubt ist.
Drümb so kan man itzt allein
gantz ohnmüglich frölig seyn.
O formosissima/
veni/puella!
Prata mollissima
visita/bella!
Luna nos invitat/
hic spatiari.
Cor meum palpitat/
eheu/amari!

Aramene/wehrtes Licht/
hörstu mich noch ümmer nicht?
Merkstu nicht/gelihbte Seele/
wie ich mich hihr for dir qwehle?
Eh mein Hoffnungs-Wacks zerrinnt/
schlinge ümb mich deine Ketten/
sonst so bün ich nicht gesinnt
dir mehr ins Gesicht zu tretten.
Laß mich nicht noch lenger stehn/
denn sonst muß ich schlaffen gehn.
O formosissima/
veni/puella!
Prata mollissima
visita/bella!
Luna nos invitat/
hic spatiari.
Cor meum palpitat/
eheu/amari!

ER BETHRENT IHRE
ohngemeine Härtigkeit/nachdäme er sie/wie *Actäon* die *Dianam*/beym Baden Splinter-fasel-nakkt gesehn.

Ode Trochaica.

Augen/schwartze Feuer-Ballen/
und du Gold-geflammtes Hahr/
soll ich denn itzt gantz und gar
ümb euch in Bedrühbniß fallen?
Blohß weil ich fast über hoffen
gestern sie im Teich bedroffen?
Blohß weil ich mich unterstund/
daß ich waß zu reitzend fund?

Titan hieb auff seine Pferde/
durch den grünen Sommer-Wald
dummelte sich manigfalt
ihre weiß-bewollte Heerde.
Unter Püschen/die kaum wichen/
hatte ich sie schlau beschlichen;
gantz von Farrnen dikk bedäkkt/
hielt ich heymlig mich verstäkkt.

Zwischen zweenen Büchen-Esten
hing benebst dem Schäffer-Stokk
ihr geblühmbter Athlaß-Rokk
bey dem gönstigsten Süd-Westen.
Strümpffgens/Stökkel-Schühchens/Hösgens/
all die lihben netten Chösgens/
bundt sie mit geübter Hand
an ein Rohsen-rothes Band.

Itzt so worff sie ab ihr Mihder/
itzt so glitt ihr Hembd ins Graß/
das bolihrte Nimpffen-Naß
spihgelte sie blizzblanck wihder.
Ihrer stoltzen Glieder Brahlen
sah ich noch-mahlß sich mir mahlen/
nichts nicht/waß sich mir nicht bot/
vor Vergnügen lag ich dodt!

Zahrt farbirt die süssen Bäkkgen/
stund sie munter in dem Klee/
schöner noch alß *Lalage*/
ohne irgend jedes Gäkkgen.
Ümb die himmlisch runde Dinger
spihlten die verlihbten Finger/
beyde Achseln kunt ich sehn/
die voll göldner Härgens stehn!

Zefir hörte man verstummen/
brohbend hub sie erst ihr Bein/
dan so tukkte sie sich dreyn/
wo die feuchte Fischgens schwummen.
Weiß die Schultern/weiß die Waden/
so pflag *Venus* sich zu baden/
itzt halb für und itzt zurükk/
o du schönes Meister-Stükk!

Sollt ich schimpfflich für ihm fleuchen?
Dihses war for mir zu vihl.
*Amor*s süssem Zokker-Zihl
kunt ich mich nicht mehr entzeuchen.
Ümb hihr niemand zu verdriessen/
müßt ich fast mein Singen schliessen;
waß ich flehte/waß ich bat/
war daß eine Frevel-Dhat?

Schon fast drey mahl dreyzehn Stunden
zörnt mir ihr erhabner Geist;
die mein Lied alß Dafne preist/
blihb mir leider ohnverbunden.
Ümmer steh ich noch und harff ich:
Muhßgen/Pumpel-Mauhßgen/darff ich?
Lässt du mich zu dir nicht eyn?
Daß ist mehr denn Hellen-Pein!

Ümb den Haltz die Sternen-Kette/
dritt Frau *Luna* sanfft herfür –
itzt verrihgelt sie die Dhür/
itzt begibt sie sich zu Bette!
Dafnis/dihser hoch-gelehrte/
der von Schäffrinnen verehrte/
Dafnis/dihser theure Mann/
schluchtzt itzt laut-auff waß er kan!

Rauher Donner-Worte Knallen
jug mich auß dem Baradihß;
ach/die Aller-schönste lihß
ihren Unmuht auff mich fallen!
Dorime/nach der ich ächtzte/
der ich meinen Jammer krächtzte –
weinend irr ich hin und her:
so ein Unmäntsch lebt nicht mehr!

ER SINGT IHR
ein Morgen-Ständgen.

Ode Jambica.

Vorüber ist die schwartze Nacht/
die bundte *Flora* wihder lacht/
der Döbber lokkt sein Weibgen;
schon schafft sich mancher Schmetterling
an manchem süssen Bluhmen-Ding
ein loses Zeit-vertreibgen.
Cupido badet/auch schon wach/
im silbernen Forellen-Bach
sein Kugel-rundes Leibgen.

Von zahrtem Kummer hold geblagt/
hab ich gewartet/biß es dagt/
zu dir bün ich geschlichen;
ümbsonst so such ich/wehrtes Kind/
bey dihsem frühen Morgen-Wind
nach Rohsen/die dir glichen.
Aurora/die den Tau gesprängkt/
der noch an allen Püschen hängkt/
ist lengst im Ost verblichen.

Du warst die gantze letzte Zeit
voll ohngemeiner Härtigkeit/
trutz deiner siebzehn Jährgen.
Noch niemahls hieltestu mir Stich/
drey Dage fast schon qwähl ich mich/
waß wären wir for Pärgen!
Ich gläub/der Lemmel/der Markolff/
der nechst dir übern Zaun verholff/
der draut mir nicht ein Härgen! –

Verschlossen schweigt dein Kabinett/
drin ligstu still-vergnügt im Bett/
derweil ich mich hihr harme.
Ach/künt ich doch itzt mit dir sehn
der beyden Hügel stultzes Blehn/
darzu die blancken Arme!
Es ist fast würklich hihr noch kalt/
drümb offne mir den Fenster-Spalt/
damit ich mich erwarme!

ER VERGNÜGT SICH MIT IHR.

Qwodlibet.

Der Tag lihgt lengst zur Ruh/
Nocturna däkkt ihn zu/
Cupido schleicht von Hauß zu Hauß
und lescht die lezzten Lichtgens auß.
Die Zeisgens/Amstelgens und Truscheln
schon still in ihren Nestgens kuscheln.
Dorillgen/ist es dir genehm/
so mach ich es mir itzt beqwem/
weil daß/waß mich dir so verbündet/
dein Händgen auch im Fünstern fündet.
Itzt acht ich nichts for deine Küsse
gantz Indjens bunte Pärlen-Flüsse/
fast bün ich mir sälbst entrukkt/
wenn dein Mund auff meinem zukkt!

Blanck besilbert steht die Thür/
kukk/schon bricht der Mond herfür!
Kom/wir schwimmen/ich und du/
auff die Zokker-Insuln zu!

Im nahen Pusch brohbt *Filomele*
die Pärlen- und Korallen-Kehle;
Frau *Luna* glizzt und glantzt/
der Sternen-Pöfel dantzt!

Deines Leibs bezihrter Bau
gleicht *Helenen*s gantz genau/
Rohsen und Rubinen streiten
sich ümb ihn von allen Seiten.
Schon offt im Traum/mir ohnbewußt/

lag ich bey dir in *Adams* Lust/
kaum drukkstu die Augen zu/
wenn ich waß Verbohtnes dhu!

Gönne/daß ich noch erwehne
jene Alabaster-Schwehne/
die auff deinem Marmol-Meer
langsam schauckeln hin und hehr;
for mich sind dihse zwo Narzissen
die aller-schönsten Schläkker-Bissen!
Ihr Schwestern wohl gepaart
ohn alle jede Kanten/
ihr habt so rächt die Ahrt
der fästen Adamanten –
ich muß euch/ümb euch zu genießen/
in die verlihbten Hände schliessen!
Deine mehr alß göldne Lokken/
deine zahrt-gekrüllte Flokken/
deine Wollen-weiche Hand/
deine Wollust-runde Augen/
die mich gleichsahm in sich saugen/
alles küß ich dir touchant!

Mägdgen/sey nicht faul/
qwättsch mir Maul auff Maul/
süssres hab ich nie gefühlt/
alß wenn in mir dein Zünglein wühlt!
Wuttsch/itzt hab ich waß verwischt/
wornach ich schon lengst gefischt!
Denn man sucht sich niemahls satt
darnach/waß man sälbst nicht hat!
Gleich so ruffstu und mit Lachen/
mänckstu dich in andrer Sachen?
Nicht so fäst und ümmerzu/

du verlihbter Rakker du!
O Zokker-süsse Noht/
durchauß erwüntschter Todt!
Ümmer wihder meinen Mund
trukk ich auff dein Duppel-Rund!
Ümmer wihder auff die Ballen
laß ich meine Küssgens knallen!
Wie dein Hertzgen tukkt und pukkert!
Venus sälbst hat es bezukkert!
Ach/so mancher würde schreyn:
Künt ich itzund *Argus* seyn!

IHR ÜMMER ÜMBS
Bändel zu seyn/ist ihm nicht müglich.

Ode Jambo-Trochaica.

Tausendschöne Margaris/
deine Brüste/gantz gewiß/
sind zwo Zokker-Ballen.
Lächelstu/so kan man sehn
zweyunddreyssig Bärlen stehn
zwischen Mund-Korallen.
Von seidnen Bändern gleisst dein Zopff/
doch hastu auch Verstand im Kopff?

Lihderlicher alß *Petron*
zwikkt *Cytheren*s kleiner Sohn
mich bald forn/baldt hindten.
Drümb so brech ich gern diskret/
wenn der Mohnd am Himmel steht/
deine Hyazinthen.
Doch kaum daß dan *Aurora* blizzt/
bün ich dir auch schon außgeflizzt!

Wo/von Bluhmen bundt umbblinckt/
*Aganippe*ns Silber springt
zwischen Rohsen-Sträuchen/
sträkke ich mich froh und frey/
itzt steh andern Schäffern bey
die daß bässer bräuchen!
Ich *commenti*re unterdeß
den göldnen *Aristoteles*.

IM NAHMEN EINES ANDERN.

Ode Trochaica.

Immer auß der sälben Kanne
schmäkkt mir nicht der bäste Wein.
Heute muß es Marmoranne/
morgen Marzimindgen seyn.
Nach den Schwartzen soll man drachten/
sie sind süß zu jeder Zeit;
doch die Blonden zu verachten/
halt ich for Ohnmügligkeit!

Alle lassen sich erbitten/
wenn man sie nur rächt beläkkt;
keine ist so streng von Sitten/
daß ihr nicht ein Küßgen schmäkkt.
Dreff ich Rosilis im Garten/
oder Buschgen gar im Heu/
flöht ich gleich auff dausend Ahrten:
Lihber dodt/alß ungetreu!

Doris küß ich auff die Bäkkgen/
Filosetten auff den Mund/
Sylvien kniep ich unters Gäkkgen/
Fillis/wo sie hindten rund.
For die niedlichsten Caräßgen
bün ich würcklich wie gemacht/
sälbst in das belihbte Gäßgen
schleich ich manchmal kortz für Nacht.

Bey Bisqwit und Schokolade
sizzt man dan auff meinem Schooß;
zeigt den Schuch biß an die Wade/

macht sich beyde Brüstgens blohß.
Mit den freundlichsten Allüren
geht man gleich auff alles ein –
die da gläubte meinen Schwüren/
müßt ein rächtes Gänsgen seyn!

ER VERLUSTIRT SICH
über die kleine Kloris

Ode Jambica.

Die kleine Kloris wollte/
oho!
daß ich sie küssen sollte/
soso.

Das Mihder stund ihr offen/
oho!
so hatt ich sie bedroffen/
soso.

Im Lazz die beyde Schlehen/
oho!
kunt ich ihr grade sehen/
soso.

Darzwischen stach dem Mäußgen/
oho!
ein kleines Nelcken-Sträußgen/
soso.

Ihr Mund auff meinem jukkte/
oho!
worbei sie nicht mahl zukkte/
soso.

Du lihber/lihber Junge!
oho!
Sie biß mir auff die Zunge/
soso.

Nicht Indjens Pärlen-Pläzze/
oho!
dauscht ich for solche Schmäzze/
soso.

Darbey so kam mein Finger/
oho!
ihr an die beyde Dinger/
soso.

Sie waren brall wie Zwettschen/
oho!
ich hub sie an zu knettschen/
soso.

Da kunte sie's nicht lassen/
oho!
mich gleich-falls zu ümbfassen/
soso.

Gern sah ich solche Driebe/
oho!
schon rein aus Menschen-Liebe/
soso.

Was nüzzen mir wo Beeren/
oho!
wenn andre sie verzehren/
soso.

Flinck glitt ich rischel-ruschel/
oho!
ihr in die Purpur-Muschel/
soso.

Ümb mich in ihre Gaben/
oho!
rächt innig zu begraben/
soso.

Erst dhat sie wie Dorinde:
oho!
»Nein/wie ich sowaß finde!«
soso.

Doch bald so kunt ich spühren/
oho!
ihr wonnigliches Rühren/
soso.

Die Läden draussen knarrten/
oho!
sie wusste hundret Arten
soso.

So zekkten sich nicht Spazzen/
oho!
so lihbten sich zwo Razzen/
soso.

Cupido wikkel-wakkel/
oho!
Cupido hihlt die Fakkel/
soso.

Biß *Titan* wihder strahlte/
oho!
und uns mit Goldt bemahlte/
soso.

DASS SIE FOR IHR
Schlößgen schon einen Schlüssel hat/basst ihm nicht.

Ode Jambica.

Melinde/süsses Weib/
nach Amber räucht dein Leib/
gantz Gold sind deine Hahre;
doch daß zu gleicher Frist
dein Hertz ein Agtstein ist/
bringt mich noch auff die Bahre.

Stets hengt dir wo am Rokk
dein Mann/der Külster-Bokk/
der alte Krippen-Sözzer;
statt Alicanten-Wein
druppt er dir Wermuth ein/
pfy Teiffel/so ein Krözzer!

Zu Kuchen und Koffee
auff deinem Canape
dreff ich ihn däglich sizzen/
dein Händgen stopfft Confäkkt
und waß mir sonst noch schmäkkt
in alle seine Rizzen.

Hohl-Hippckens/Hindbeer-Schmältz
schläkkt er sich in den Bältz
zu einer Plunder-Brähtzel;
worhin er das blohß dreibt/
daß ist for mir und bleibt
durchauß ein schwartzes Rähtsel.

Streu-Strihtzel/Mandel-Klein/
daß muß ihm alles rein/
mir fehlt es fast an Bildern/
benebst Bappihr und Zeit
for so vihl Traurigkeit/
ümb solches auß zuschildern.

Sordan sezzstu dich hin
for ihn ans Klawizin/
ich kriege gleich die Krencke/
Molchs-Milch und Drachen-Rauch
befillt mir Brust und Bauch/
sorbald ich blohß dran dencke.

Darzu wird scharmuzzirt
durchauß und ohngenirt/
ein Büfgen hört man lachen!
Ich sehe steiff vorbey/
verfluchte Löffeley/
daß dich der Hellen-Rachen!

Zurlezzt so heissts adrett/
atchö/wir gehn zu Bett/
er seh uns rächt bald wihder.
Drümb/ginge es nach mir/
so kehmstu/stoltzes Tier/
mit einem Blind-Worm nihder!

ER DROHSTET SICH WIHDER.

Ode Jambica.

In schon getretnen Hännen
mag ich mich nicht verbrännen/
ich bün ein *Cortisan*
und nicht kein Kokkel-Hahn!
Die mehrsten schihlen oder hincken/
die Kerrels gar nach Knoblach stincken/
noch Nehreres/zum mindsten hihr/
ich gläube wohl/verspahrt man mir.

Am allerzährtsten schmäkken
die Lämmgens/die noch läkken/
nichts ist zu keiner Zeit
von solcher Nettigkeit.
Das dättscht uns noch mit keinen Krallen/
das will durch Redlig-seyn gefallen/
das lacht und trukkt uns in die Hand
sein Himmel-blaues Buhsen-Band!

Ihr Zokkerckens! ihr Pfläumckens!
ihr göldnen Oepffel-Bäumckens!
ich bün euch ohnfarbirt
von Hertzen *obligirt.*
Ihr seyd mit euren süssen Frätzgens
fast niedlicher als *Cyper*-Kätzgens/
ihr zihrt die bundt-beblühmte Au
noch lihblicher alß Morgen-Tau!

Mit Matz in eine Schüssel
tünck ich nicht meinen Rüssel/
ich wehr for solche Kuhr

zu öklichter Naduhr.
Drümb so bemüh ich meine Fehder
nur for subtiles Jungffern-Lehder
und lasse durchauß ohnbeläkkt
ein Döpffgen/das schon zubedäkkt!

ER SAGT SICH
ab däm *Cupidini.*

Ode Jambica.

Ich hatte mich verwichen
zu Chloen hingeschlichen;
wen kunt ich bey ihr sehn?
Den geulen Strunck Glükkander/
verschränckt und ineynander –
es war schon lengst geschehn!

Schnell strich ich zu Silvrettgen
und schob mich ihr ins Bettgen/
mein Gott! Wer lag schon da?
Ein Kerl in greulem Barchen/
ich höre noch seyn Schnarchen/
daß ihn die *colica*!

Ich drollte mich zu Tringen:
Vergöldtes Zokker-Bihngen!
Gleich zog sie ein Gesicht
und schwänckte ihren Bäsen/
Stax ist schon da-gewäsen/
nein/nein/for dihß-mahl nicht!

Ümb mich in ihren Armen
empfündlich zu erwarmen/
gings dunn zu Mopsa next.
Mit Mopsus welch Geschnäuffel/
sie wüntschten mich zum Teuffel/
dort/wo der Pfeffer wäkkst!

For Klarimindgens Kammer
lautt schlug mein Hertzens-Hammer;
steh auff und laß mich eyn!
Do schry ihr Mann: Du Püffel/
sie buzzt mir grad die Schnüffel/
schab ab/droll ab/du Schwein!

Bey drillernden Fongtehnen
erdappt ich Dorimenen/
die kikkernd sich waß wusch;
do stund schon ein Drompeter/
der war ihr Blasbalgtreter
und jug mich in den Pusch!

Halb-Göttine Florinde/
komm/küsse mich und winde
den Arm ümb meinen Haltz!
So sung ich sühß zur Laute/
wer blus es ihr zur Flaute?
Der Jäger auß Kur-Pfalz!

Ich bundt zum Strauß Violen/
auff-dratt ich gantzt verstohlen:
Mollingen/ich büns! Ich!
Noch gräsen mir die Knochen/
grad hihlt sie ihre Wochen/
ich schlochtzte förchterlich!

Cupido/Goldschmidts Junge/
zerbeiß dir nicht die Zunge/
für Lachen blozzt er fast;
dein Honig-sühßes Stippen
auff Rohsen-rohte Lippen/
ach/ists mir itzt verhaßt!

Mit deinem Mause-Fellgen/
du albres Jung-Gesellgen/
bistu mir vihl zu schlecht;
nie geh ich mehr gassiren/
such Andre zu wexieren/
ich bün kein Löffel-Knecht!

An seyner Pfeiffe zuttschen/
nichts als Canaster nuttschen/
darzu ein Wurzner Bihr!
Ich laß mich nicht kurantzen/
du scheulste aller Wantzen/
du ekkles Hellen-Thier!

Du bist ein Ungeheuer
auß Eyß gemischt und Feuer/
ich schwehrs bey Stein und Bein/
ich schwehrs nach so vihl Blage/
ich schwehrs dir/for drey Dage/
nicht mehr verlihbt zu seyn!

ER VERLIHBT SICH
in Amaryllis.

Ode Jambo-Trochaica.

All dein Glantz der jungen Jahre/
deine mehr alß göldnen Hahre
haben mich mit Hertz und Hand
dir zugewandt!

Pallas lih dir ihre Lippen/
Venus ihre Marmol-Klippen/
auch stekkt in dem belihbten Kinn
ein Grübgen drin.

Deine recht saffirnen Blikke
fässeln gleichsahm mich wie Strikke/
für allem aber nimbt mich ein
dein Freundlig-seyn.

Deine süssen Worte lallen/
alß ob Rohsen-Blätter fallen;
zu deinen Knieen reissts mich hin/
du Zäuberin!

Laß mich nicht wie *Tantal* schmachten/
laß mich dich nicht blohß bedrachten;
nichts Schönres gibt es/alß zu Zweyn
vergnügt zu seyn!

Alle Engel hört man lachen/
wenn zwei Lihbste Hochzeit machen.
Drümb/du Auszug aller Zihr/
gelihbt es dir?

ER SIHT ARSINOEN.

Ode Trochaica.

Allerschönste Creatur/
alles gab dir die Naduhr/
alles dreff ich bey dir an/
waß ich mir nur wüntschen kan.
Deiner Schultern Borzellan
acht ich über *Led*ens Schwan/
kömbt mir wo mein Finger dran/
fässt es sich wie Athlaß an.

Rohsen sehn auß deinem Schnee/
daß ich fast für Lust vergeh/
Lilgen unter jedem Schritt
spriessen/wo dein Füßlein dritt.
Othmestu/so fillt die Lufft
*Ceylan*s mehr alß Zimmet-Dufft/
deines Stimmleins sanffter Brall
sticht sälbst hin die Nachtigall!

Gläubstu/so vihl Pärlen-Pracht
ist for dir allein gemacht?
Meinstu/daß das wen verdreusst/
wenn ihn fäst dein Arm ümbschleusst?
Selbst *Candaul*ens keusche Frau
nahms zum Schluß nicht mehr genau.
Drümb so kom und gihb dich mir/
du vergöldtes *Venus*-Thier!

ER IST IN SIE
noch hefftiger verlihbt/alß in Amaryllis.

Ode Jambica.

Arsinoe/du schöne Dokk
im gelb und Himmel-blauen Rokk/
gläubstu/daß macht mich nach dir kranck/
blohß weil dein Leib so Dannen-schlanck?
Du durchauß unverschehmbtes Thier/
wer fragt nach dir?

For dihsen Krantz hihr ümb mein Haupt
steht *Febus* sälber fast entlaubt/
auff meine Lider lauscht entbrannt
gantz Lieff-Teutsch-Holl- und Enge-Land.
Kein *Pindar* zwang so/kein *Virgil*
sein Säyten-Spihl!

Schon mehr alß Eine dhat wie du/
zum Schluß lieff sie mir brünstig zu;
ein Leichtrichin und dreyn ein Licht/
for nasse Seufftzer bün ich nicht.
Ich weiß es drümb und weiß es doch/
du kombst mir noch!

Zerbleicht auch gleichsahm deinen Glantz
kein bundt-beaugter Pfauen-Schwantz/
noch steinerner alß blohß auß Stein/
wie adamanten werd ich seyn.
Für meine Kniee/sonder Sinn/
brichstu dan hin!

Mord-schwere Noht! Bozz Blizz und Bein!
Bün ich dein Hündgen Liberlein?
Ich spei dir mitten ins Gesicht:
Steh auff/dreh ümb/ich bräuch dich nicht!
An jedem Finger baumeln mir
zum mindsten zwihr!

Itzt fast noch blaß/itzt wihder roht/
lebendig bistu dan schon dodt
und traumst in jeder schwartzen Nacht/
waß *Jupiter* mit *Juno* macht/
indeß an deiner Kammer-Dhür
kein Riegel für!

Stihlt dan mein Lümmel *Cypripor*
sich schlau biß für dein Rohsen-Dhor/
dan kanstu/matt für süsser Pein/
nicht mehr von ihm entsondert seyn
und lenckst ihn ins gelohbte Land
mit eigner Hand!

ER PIRSCHT BEY IHR
auff den *Cupidinem.*

Ode Jambica.

Cupido/süsses Söhngen/
auff deinem Athlaß-Tröhngen/
der Chloens Busen ist/
versuch ich/dich zu haschen/
gleich wuttschstu durch die Maschen/
ich weiß schon/wo du bist.

In dihsen blauen Schleiffen
bistu nicht mehr zu greiffen/
noch hindter dihsem Flohr;
du flohst bedeutend tieffer/
du göldnes Ungezieffer/
du kleiner Matador!

Verstekkt in lautter Rohsen/
auff nichts alß albre Chosen
sinnirstu itzt und dänckst:
So hokkt es sich geheuer
nicht mal im Fege-Feuer/
sih zu/wie du mich fängkst!

Schab immer auff mich Rübgen/
du lohses Flügel-Bübgen/
ich zahl dir noch den Lohn!
Mit Brechen und mit Biegen/
ich werde dich schon kriegen –
da/sihstu? Hat ihm schon!

ER FREUT SICH
daß es Herbst ist.

Ode Jambica.

Der flekkichte Oktober
hat alles bundt vermahlt/
mit Oepffeln auß Zinober
die reiffe *Ceres* brahlt.
Sylvan füllt seine Schläuche/
Mercur mänckt Pflaumen-Brey/
schon schallt durch Pusch und Sträuche
*Dian*ens Jagd-Geschrey.

In solchen süssen Tagen/
Hertz-werthe Brüder ihr/
füllt man sich biß zum Kragen
die Haut voll Malvasir.
Das Mässergen kricht Scharten
und fast geht man entzwey
bey Schweinernem mit Schwarten/
bey Stokk-Fisch und Salbey.

Mirtyllgen/süsse Taube/
kom/däkke uns den Disch
in dihser Purpur-Laube/
noch sind wir jung und frisch.
Noch krächtzen nicht die Raben/
wormit *Saturn* uns dräut/
noch kräfftgen uns die Gaben/
die uns *Vertumnus* beut.

*Lyä*ens Trauben blincken/
kein Finger dhut uns weh

bey schön beräuchten Schincken/
darzu waß Späkk-Gelee.
Fast mehr alß *Flor*ens Rohsen
erfreun itzt unsern Sinn
*Pomon*ens Appelkosen
mit ihren Grübgens drin!

Wir lassen nichts verderben/
wir geben kein Qwartir
und frölig müssen sterben
drey Gläsgens oder vier.
Und brommts uns gleich im Köpffgen/
daß ist uns einerley/
nur bitte ja kein Tröpffgen
Maul-ab und neben-bey!

Moseller und Veltliner/
zu allem jauchtz ich Ja/
Rosazer/Marziminer/
Tokay und Mallaga.
Nur blohß kein Knikke-Peter/
wenn alle *Vivat* schreyn/
zu *Liber*s Sauff-Corneter
würd ich wie paßlich seyn!

Bald ist itzt wohl gelitten
die göldne Märtens-Gantz/
Oliwckens/Kappern/Qwitten
stopfft man ihr untern Schwantz.
For Wilt-Prätt und Basteten
ist dan die rächte Zeit –
laßt andre knien und beten/
ich DAUMLE allbereit!

ER SCHÜTTELT SEIN HERTZ AUSS

Qwodlibet.

Das Feld steht Kräutter-leer/
Frau *Flora* lacht nicht mehr/
der Wald hat allbereit
sein bundtes Stärbe-Kleid/
ein schönes Schau-Gerüst/
das bald Verwehsung küsst.
Wo blihb die Amstel hin/
das Singe-Vögelgin?
Der Fröschgen ihr *Coax*
beschehmbt nicht mehr Hannß Sachs.
Drümb sey es endlich hihr geklagt/
waß mir das Hertz benagt!

Unsre Gaben/süsses Kind/
flüchtig wie Narzissen sind/
und es fährt mit uns die Zeit
strakks in die Vergässenheit.
Einst so welckt mir dihse Haut
trukkner alß ein Sommer-Kraut/
einst so zwikkt mir dihß Gebein
Bodagra und Zipperlein.
Hengen laß ich dan mein Maul
wie ein alter Karren-Gaul/
stakkrich sezz ich Fuhß for Fuhß
wie ein steiffer Tapp-ins-Muhß.

Nachts/wenn mich die Flöhe jukken/
krault mir keine mehr den Rükken/
denn for sowaß/lihbes Kind/
bün ich dan zu keusch gesinnt.

*Amor*s Zokker-süsser Poltzen
ist mir dan durchauß zerschmoltzen/
und ich seufftz die gantze Zeit
in betrühbter Einsamkeit!

Alles blüht und muß vergehn/
dir wird Gleiches mahl geschehn!
Die weissen Kugeln/so sich itz
so süß und anmuhtsvoll bewegen/
wird einst ein ungeheurer Plitz
in nichts wie Staub und Asche legen.
Dan wird dich niemand mehr betasten/
dan lihgt dein Leib im schwartzen Kasten/
dan triefft/dan stinckt nach Talg
dein runtzlig fauler Balg.
Dein Mund so süß benelckt
kläfft jämmerlich verwelckt/
von Rohsen nicht die Spur/
zwo trukkne Schruntzeln nur/
zermürbelt und zerbrochen/
von Kröten überkrochen!

Laß die mit den weissen Bäffgen/
sie seynd Aeffgen!
Laß sie pappeln/laß sie plarren/
sie seynd Narren!
Ob Jüde/Heyde/oder Christ/
er wird zu Mist!
Morgen lengst ist alles auß/
Mäntsch/du bist nur eine Lauß/
morgen/oder gar schon heut/
dröhnt vom Thurm dein Grab-Geläut!
Eins nur ist uns dan gewiß:
schwartz-polihrte Fünsterniß!

Laß uns alles drümb vergessen/
Rohsen pflantzen ümb Zypressen/
die dein Auge/wenn es strahlt/
gleichsahm wie mit Goldt bemahlt!
Deinen weichen Alabaster
trukk ihn auff mich rächt alß Pflaster/
Mund an Mund und Brust an Brust/
in verschwihgner Götter-Lust/
biß mein Pärlen-Safft dich/Kind/
gantz durchrinnt!

Ob sie Jungffern oder Huren/
alle in die Grube fuhren/
nichts mehr war ihr Schön-Seyn nüzze
in der schwartzen Lethe-Pfüzze!
Selbst *Helena* mit göldnen Hahren
ist Stanck und Gifft seit tausend Jahren!
Drümb so künt es fast geschehn/
daß die Augen mir voll Wasser stehn!

Waß ist die Welt und ihr berühmbtes Gläntzen?
Ein Blizz bey Nacht.
Eh welcke Rohsen eure Scheitel kräntzen/
singt/drinckt und lacht!
Heut sind wir noch jung und roht/
morgen hat uns schon der Dodt/
morgen sind wir Asche!

ER LÄDT SEINE GESÖLLEN
auff einen Göldt-Fasan.

Ode Trochaica.

Brüder/sizzt euch ümb den Disch!
Bachus plinckt schon *Hebe*n.
Sein Gesicht ist roht und frisch/
ihre Biehtzgens beben.
Blanckes Zinn und Borzellan
blüzzt für allen Bläzzen/
ein gespikkter Göldt-Fasan
soll uns itzt ergäzzen!

Ich bün nicht for Zeisgen-Kost.
Gorcken und Melonen/
Leber-Wörstgens heiß vom Rost
dörfft ihr mir nicht schonen.
Qwitten-geeles Gänsgen-Schmaltz
dhat Brambillgen drihber –
hätt ich eines Kranichs Haltz/
wärs mir ümb so lihber!

Nichts wie Wasser in sich dreyn
schlurffen tumme Rinder/
Zokker-süsser *Cyper*-Wein
flekkt for *Febus*-Kinder!
Sein ambrirter Alakant
fillt uns mit Entzükken/
wenn wir ihn auß Rand und Band
Schlükk-weis in uns drükken!

Clotho/altes Raben-Aaß/
hellische Megäre/

läkkerts dich nach Leichen-Frahß/
zükkstu schon die Schäre?
Gleich so fallt mir etwaß ein:
Sizz dich mir darneben!
Plintzckens mit Rohsinen dreyn
wird es auch noch geben!

Amor/Küzzel-volles Kind/
kömbstu schon geloffen?
Pakkt ihn beym Schlaffitt geschwind/
macht ihn dikk besoffen!
Jeder hebt sich auff den Schooß
seine schönste Schöne/
daß ihr blasses Duppel-Blohß
sein Vergnügen kröne!

Alles Kummers sind wir frey/
riegelt zu die Dhüren!
Unerhörtes Mord-Geschrey
wollen wir vollführen!
Jeder singe/waß er kan/
Citepomerone/
Pomezite Zanteran/
Regivaselone!

An die Wand/daß alles kracht/
schmeisst das Glaß zu Scherben!
Zehn mahl ließ in einer Nacht
Florilis mich sterben!
Jugend sehnt nach Jugend sich/
Tau sich nach Melissen!
Worzu Kind/verferbstu dich?
Jeder kan das wissen!

Rohsen/Rohsen in den Wein/
Rohsen ümb die Stirne!
Beiß mir nicht ins Ohr hinein/
du erhizzte Dirne!
Vor Vergnügen wird sie roht/
kaum daß ich sie trükke –
schlagt dem außverschehmbten Dodt
ümb sein Maul die Krükke!

Venus/dein Rubinen-Glantz
darff uns itzt nicht fehlen!
Holla/auff zum Fakkel-Dantz/
Kayserin der Seelen!
Dein belihbter Zeit-Verdreib
soll uns rächt scharmieren/
dan so bräucht man seinen Leib
nicht erst zu purgiren!

Pfeiffen schon die Musici?
Klükkern schon die Glökkgen?
Clorimindgen biß zum Knie
lupfft ihr Daffet-Rökkgen.
Nicht blohß vorn/auch Hindten-rum
wölbt sichs ihr aimabel/
drümb so ist sie/*homo sum*/
waß for meinen Schnabel!

Gantz und außdermahßen fein
schwänckt sich auch Ismene;
kom und schleuß dich in mich rein/
weisse Lust-*Sirene!*
Kukk/mein wanckel-bahres Hertz
brännt dir schon wie Zunder!
Schänck mir drümb zu Schimpff und Schertz/
Venus/ihre Wunder!

Doris/ stähts vergnügtes Huhn/
offt warstu mein Weibgen;
auß geblühmten Zizz-Kattuhn
strafft sich dir dein Leibgen.
Dein verehrtes Mittel-Stück
gilt for mir Dukaten –
gleich so schippt sie mich zurückk/
weil ich waß verrathen!

Grittgen/du bist mir zu fett/
nie wirstu mich krigen/
daß wir uns im Fehder-Bett
eins ümbs andre schmigen.
Bün ich gleich kein Cawallir/
lihb ich doch die Schlancken/
die weit fäster ihre Zihr
ründ ümb mich verrancken!

Lihblich drehn sich auff und ab
all die netten Dinger;
grabt mir nicht zu tieff hinab
die verlihbten Finger!
Sonstso/fischt sich wer waß her/
läßt ers nicht gleich fahren –
Gottseydanck/wir sind nicht mehr
in den Kälber-Jahren!

Mops und Mopsa schnarchen itzt/
wir sind froh und munter;
ihren Silber-Firniß schwizzt
Luna auff uns runter.
Biß der kluge Hauß-Hahn kreht/
gehn wir nicht zu Bette;
dan so ists genug gedreht –
lihbt euch ümb die Wette!

ER BEKRÖHNT IHN
mit einem Hirsch-Geweih.

Ode Jambica.

Dorillgen/wie das pfeifft!
Zur Nacht hat es gereifft.
Itzt heizz for deinen lihben Mann
den schwartzen Kachel-Ofen an.
Ihn blagt schon arg die Gicht/
ich bräuch so waß noch nicht.
Itzt ist so rächt nach meinem Sinn
dein rohter Rokk mit Blühmckens drin!

Wie Göldt ümbfliesst dein Hahr
das ahrtlich runde Paar;
kein Perser-*Chan* ist nicht so reich/
*Agla*jens ist dein Auß-sehn gleich!
Nein/nie wär ich *jaloux*
auff eine Knochen-Kuh.
Dihß macht mich schandlich auff dich stoltz:
du räuchst wie auß Zypressen-Holtz!

Neptunus gräulig stürmt/
Eolus Wogen thürmt/
am Fenster sizzt und schmaucht Thobakk
dein außgedorrter Schlumper-Sakk.
Ich seufftze/du erblasst/
ich weiß schon waß du hast/
du esthimirst waß vihl zu zahrt
for seinen alten Knaster-Bahrt!

Gantz still/gantz still/gantz still/
weil er itzt schnarchen will!

Drümb kom und däkk ihm seine Ruh
mit nichts alß Rohsen-Blätter zu!
Flinck/kleine Pumpel-Mauß/
zeug dir dein Rökkgen auß
und dreib mit mir das süsse Spihl/
das uns schon manchmal wohl gefihl!

Waß ist denn daß? Vertrakkt!
Er schnaufft nicht mehr im Takkt.
Nein/Gott sey Danck/er ist gantz taub/
du zitterst wie auß Aeßpen-Laub!
Schon däkkt kein grohber Zwilch
mehr deine Marmol-Milch;
das kleinste Küssgen auff sie schmäkkt
mir süsser alß Canari-Säkkt!

Ümbs Dach heult fort und fort
der Gallen-bittre Nord;
der Hagel an die Scheiben klirrt/
daß es beynah schwartz-finster wird.
Wir machen kein Gelaut/
wir trukken Haut auff Haut;
ich bün polit und du bist nett/
gantz leise knakkt dein Himmel-Bett!

ER FREUT SICH/
daß es wihder Winter wird.

Qwodlibet.

Wihder ob der Flüssgens Rükken
baut der Winter blancke Brükken/
rund ümb den Marieen-Thurm
wettert schon sein Schlossen-Sturm.
Ümb die dikk verschneyte Bohlen
zancken krächtzend sich die Dohlen
und man hört für allen Dingen/
wie die Schlitten-Glökkgens klingen.

Im rohten Fuchs-Pältz am Kamin
siht man mich itzt mein Pfeiffgen zihn/
weil man/wenn es draussen flokkt/
gern auff seinem Stübgen hokkt.
Ceres nöthigt mich zum Essen/
Bachus schänckt mir dapffer eyn/
gantz und gar bleibt ohnvergessen
Sauer-Schwartz und Hasen-Klein.
Kraußgebakknes/Mandel-Krehm
munden mir drauff angenehm;
sälbst ein Reb-Huhn/prikk und zahrt/
hat man mir letzt auffgespahrt.
Gern nach solchem fätten Schmauß
spühl ich mir die Gurgel auß/
denn man muß/trutz all däm Prassen/
auch auff sein Gesund-seyn passen!

Ein Gläßgen Marziminer
hat mich noch stäts erqwikkt/
gleich heissts ergebner Diener/
sorbald man sich erblikkt!

Süß ists/wenn zur Veßper-Zeit/
es dan graupelt/stihmt und schneyt/
abens spihlt man Blinde Kuh
und hört dem Oepffel-Brahten zu.

Dorillgen/gäntzlich ohngeschnührt/
sorgt for mir/wie sichs gebührt;
gleich so lässt sie ihren Mann/
wenn sie mir waß helffen kan.
Ümb den Haltz ein Pärlen-Kettgen/
zihrt sie mir mein Kabinettgen/
daß ich hindter ihrer Schürtze
gleichsam mir die Zeit verkürtze.
Ihre Augen/ihre Brust/
alles lacht an ihr für Lust/
Lökkgens kikkern ihr im Nakken/
Grübgens auff den Hindter-Bakken!
Schon mit ihren blohßen Blikken
kan sie gleichsahm mich erqwikken/
sie ist for ihren alten Knoll
zu Lilien-weiß und Rohsen-voll!
Mit Knall-Konfäkkt und Bommerantzen
bestopfft er sich den dikken Pantzen;
ich gläub/so war noch niemahls feister
kein Amsterdammer Burgermeister!
Ihn ab und zu so rächt bedrügen/
ist uns ein schaudrigtes Vergnügen.

Bundt auß Primuln und Aurikkeln
werden wir ihm Kräntzgens wikkeln/
wenn in wihder blauen Lüfften
wihder erst die Veilgens düfften.
Itzt verschnarcht er seinen Neid
in bedrogner Wachsamkeit!

ER VERDINGT SICH
dem *Apollini.*

Qwodlibet.

Täglich grimmer bläst der Ost/
Glaß-Eyß glüzzt und Zukker-Frost/
die Kindgens schon drompeten
auff kleinen Zinn-Corneten.
Lebküchene Soldaten/
verguldete Mußkaten
bezihren bald die Tänngens/
darzu Dukahten-Männgens.
Man zeigt sich kaum noch wo püblik
und macht im Kehficht Wald-*music*!

Wie lange wird es tauren/
dan dräut der Himmel nicht mehr grieß/
dan buzzt für unsren Mauren
Neptunus seinen Gabel-Spieß.
Dan kombt/fast über Nacht/
Frau *Flora* an und lacht
und bringt in ihrem Mihder
den gantzen Frühling wihder!

Zahrt an eines Bächleins Rand
wird sich dan wer bükken
und mit seiner weissen Hand
Schlüssel-Blöhmckens pflükken.
Jedes kleine Grillgen geigt
waß mir dan ihr Mund verschweigt;
Zefirus/der *Flora* Mann/
lacht so laut er lachen kan!

Ist der Frühling dan verronnen/
singt der Sommer/daß es schallt/
lihblich rauschen kleine Bronnen
durch den grünen Schäffer-Wald.
Kloris steht biß an die Waden
zwischen Moon und Akker-Rhaden/
heymlig ziht mich in den Klee
die erhizzte Dorile!

Dan färbt der Herbst den Bäumgens
Violen-blau die Pfläumgens/
das letzte Schwalben-Pärgen fliht/
Vertumnus singt sein Wintzer-Lied.
Michel/Seppel/Veit und Hannß
springen ümb den Erndte-Krantz
und säzzen über alle Kost
*Lyä*ens süssen Trauben-Most!

Zurlezzt kombt ganzt darhindter
wihderümb der Winter
und füllt uns durchauß biß ins Bett
voll Ambrosin und Nectar-Fett!
Man juhchtzt/drutz Eyß und Schnee/
O Evan evoe
und singt sich ümmer wihder froh
auff seinem *Clavichordio*!
In Summa: Welt ist Welt/
sie dreht sich stäts vom Neuen;
mit jädem/waß sie stellt/
will sie uns blohß erfreuen.
Drümb scheint mir auch so durchauß Brey
*Minerv*ens nichts wie Schmiererey/
sambt allem/waß nach Griechisch räucht
oder auff Lateinisch kräucht!

An so alten Fleder-Wischen
kan kein Mäntsch sich mehr erfrischen/
weilen ihre böse Würtzen
blohß den Lebens-Draht verkürtzen.
Nur Eins hebt mich biß in den Himmel:
Apoll auff seinem Flügel-Schimmel!
Dihsem halt ich seine Schrifft
nicht for wohl-kandirtes Gifft.
Offt schon sann ich manche Nacht/
waß mich so verlihbt ihm macht.
Alles ist for mir wie hin/
wenn ich mit ihm zwistig bin!
Nie so gäb ich seine Leyer
sälbst ümb *Cynthie*ns Busen-Schleier/
rönn mir gleich durch Mercks und Bluht
noch so süsse Liebes-Wuht!
Flakkus/alter *Tibur*-Singer/
dein fast Wollust-voller Finger
schlug sie für mir/dan *Ovid*/
eh sie *Titan* MIR beschied!
Ihre Sayten werd ich rupffen/
biß an mir die Würmer zupffen/
biß auff mir der Rabe hokkt
und sein frölig *cras cras* krokkt!

So verfliessen meine Dage
zwar vergnügt/doch eylends hin/
biß ich einst im Sarkofage/
sonder Klage/
nichts wie Staub und Asche bin.

ER SIHT EINEN HAHR-STERN.

Ode Jambica.

Ja/ja/er wakkelt mit dem Schwantze/
es ist ein würcklichter Komeht!
Itzt nuzzt es nichts mehr/daß ich dantze/
weil bald die Welt in Stükker geht!

Dan stürtzt sich Pohlen in die Weser/
das rattert/knattert/bifft und bufft!
Die Indjer werden Japoneser
und Chloe hebt sich in die Lufft!

Sanfft durch ihr Schürtzgen-Band gerettet/
von Hof und Leipzig zihmlich fern/
Ich hätte nie darauff gewettet/
fünd ich mich neu auff einem Stern!

Wie würd mir? Zwirbt mir noch die Nase?
Kniept mich mein Bakken? Schmertzt mein Bein?
Ich sizze still-vergnügt im Grase/
noch däkkt mich nicht keyn Leichen-Stein!

Du Süßgen! Nur daß Amarillis
nicht auch hihr-herfund/dhut mir leid;
mit Grittgen/Purpuris und Fillis
verdrihb sich mir so schön die Zeit!

Zu reitzend war es mit Babettgen
bey Bihr/*coffé* und bey Tobakk!
Sie zog mich auff ihr Lotterbettgen
und machte jäden Schabernakk!

Mirtyllgen dorffte ich bedihnen/
sorbald wir bloß mal wo allein!
Mit Schüncken/Wörstgins und Rosinen
schlich ich deß offtern mich ihr eyn!

Mechthildgen lihß an ihren Gaben/
wan roht der Mohnd am Himmel stund/
mich *peu-à-peu* so rächt erlaben/
auß *Hybl*ens Honig war ihr Mund!

Marlengen pflag mit mir zu schertzen:
»Ich weiß/wo dich der Haber sticht!«
Ich lag ihr/bey verloschnen Kertzen/
nein/nein/wo/wo ... ich sag es nicht!

Dorillgen fihl und blihb gleich lihgen/
mir dhat es wohl und ihr nicht weh/
am Waldrand weideten die Zihgen/
wie Balsam stund der Sommer-Klee!

Auch Rosadorgen und Mabelle/
sälbst Buschgen war ein lihbes Kind;
vihlleicht so gihbt es eine Stelle/
wo sie itzt froh versammblet sind!

Kom/laß uns selig weiter-flihgen/
hihr glützt fast nichts wie göldner Kihß!
Erst/wo sich Alle ümb mich schmihgen/
da lacht for Mir: das Baradihß!

NACHSTEHENTE SCHLÄCHTE VERSCHE
schrieb er for Die/an die er sein Hertz gehänckt.

Ode Jambo-Trochaica.

Liebstes Seelchen!
For dein Kälchen/
hebstu deines Stimmleins Schall/
fleucht darvon die Nachtigall.

Mit nur lauter netten Sachen
weißtu dich belihbt zu machen/
auffgemänckt das schwartze Hahr/
schöner noch alß *Dido* war.

Deine Augen/deine Hand/
alles ist an dir *charmant;*
ümb dich/mit verlihbtem Lärmen/
nichts alß *Amouretten* schwärmen.

Dihse Lieder nimm zum Zeichen
daß dir Keine zu vorgleichen/
ach/du bist von Kopff zu Fuhß
süsser alß auß Zwättschgen-Muhß!

Lihg ich mahl dereinst im Sand/
sprich: Ich hab ihn auch gekant.
Dan/ümb meinen *Marmol*-Stein/
laß Rohsen und Zypressen seyn!

ER DÄNCKT AN DIE
hochfliegenten Adler ädler Teutscher Boesie/so schon vor ihme gesungen.

Ode Trochaica.

Pärlen-Glantz und Ambra-Zihr
schufen dihse Lider mir/
wenn das Hertz für Sehnsucht sprang/
wenn der Drauer-Vogel sang.

Waß man hofft und waß man lihbt/
alles wie ein Rauch verstihbt/
alles dörrt und fällt zu Staub/
sälbst das grünste Lorbeer-Laub!

Opitz/Flemming/Dach und *Rist*
lengst schon die Verwesung frisst/
Hofmann/Gryph und *Lohenstein*
mussten in den Sand hinein!

Wie ihr Stern sich auch verstieg/
for Hannß *Mors* verblihb der Sieg;
sälbst *Galen* und *Hippocrat*
wussten sich für ihm nicht Raht!

Alles/alles muß hinab/
irgendwo lihgt mahl mein Grab/
irgendwo rauscht mahl ein Baum
kühl in meinen lezzten Draum!

Schade drümb ümb jede Nacht/
die man ohngeküsst verbracht;
schade drümb ümb jede Lust/
die man nie gekant/gewust!

Eylends läufft die kortze Frist/
die uns hihr gegäben ist –
singt euch/springt euch auß der Noht/
schlagt den Dodt mit Rohsen dodt!

ER NIMBT ABSCHEYD
vom Leser/indehme er sich darbey defendirt/daß er kein Sauer-Topff gewesen.

Ode Jambica.

Willstu mir hadern/
daß ich so sang?
daß mir auß allen Adern
das starcke Leben sprang/
wir Ertz aus Qwadern?
Nun denn/dan dhus ! Mein Hertz/das
durchauß schlug/
ist durchauß auch sich sälbst genug.

Auff seine Laute
hab ich gestellt/
für der mir manchmahl graute/
die gallen-bittre Welt/
der ich doch draute.
Bald däkkt mich Nacht/schon schnaubt ihr
schwartzes Roß/
fahl drauff ihm sizzt Herr *Thanatos.*

Auch du wirst schweigen/
ümb den noch itzt
zu Zymbel-Schlag und Geigen
die Schaar der Jahre blizzt
in bundtem Reigen.
Bistu ein Mäntsch? Dan sey kein thummes Vieh –
ümbarme und geneusse sie!

NOHTWENDIGE ERKLÄRUNG
der tuncklen Oerter/for die mehr Einfältigen/
denen Gelährten schon bekant.
Gleichsahm alß guhtwillige Zugabe.

Abisag/jene jüdische Dirne auß *Sunem*/so dem *Davidi*/nachdäme er alt und spakk war/im fehdrigten Qwartir fein lustig beym Psalmodiren halff.

Actäon/ein ohnverschehmbter griechischer Jagd-Meister. Von der Diana in einen Hirschen verkehrt/nachdäme er sie mit ihren Gespihlinnen in einem Qwäll erdapt.

Adon/ein überauß schöner Printz auff *Cypern*. Ein Buhler und Auffwarter der *Venus*. Sie war so verlihbt in ihn/daß sie sich des offtern heymlig zu ihm ins Bette geschlichen; wordrüber *Mars* so ergrimmte/daß er sich in ein Wilt-Schwein verstellte und ihme bey der Jagd den Leib aufriß. Daß er ein Zwitter gewesen/der alß Mann die *Venerem* und alß Frau den *Apollinem* vergnügt habe/halte ich for eine lihderliche Erfündung.

Aeschylus/ein griechischer Scribent/der for die Schau-Bühne geschrihben. Er war der erste, der sich unterfing/betrunckene Leute auff sie zu stellen. Er hat nur tichten können/nachdäme er sich vorhero ein *Fundamentum* gesoffen.

Aesop/der kluge Erfinder der nüzzlichen Lehr-Fabuln.

Aganippe/auch *Hippocrene* benihmt/zu Teutsch Pferde-Brunn. Ein Qwäll im tuncklen *Böotien*. Wer auß ihm tranck/wurde gelährt.

Aglaja/der *Grazien* zihrste.

Agtstein/ein schönes Regenbogen-färbigtes *mineralium*.

Alcoran/das ketzerische *Librum Symbolicum* der *Maho-*

metaner. Sie vermeynen/es sey auff Pergament geschrihben/welches von der Haut des jengen Widders gemacht worden/den *Abraham* an statt seines Sohnes *Isaac* geopffert; es besteht auß 77 639 Wortern und 323 015 Buchstäben.

Amathunt/eine Stadt auff der Insul *Cypern.* Der *Venus* Residentz.

Amber/auch *Ambra*/ein ohngemein wohl riechentes Hartz/ähnlicht dem Börnstein.

Ambrosin/ein Himmlisches Kleyen-Brodt.

Amfitrite/des *Neptuni* Hauß-Frau. Sie war Seegrün von Aug-Oepffeln und soll einen silbernen Rükken gehabt haben.

Amor/besihe *Cupido.*

Amouretten/der Lihbes-Göttin kleines Buhl-Gesinde.

Anaximander/ein allerspizzfündigster *Astrologus* von tieffsten Scienzien. Er lehrte die Entstehung der Welt auß dem Uhr- oder Mängeklumpff.

Apell/nechst dem *Parrhasio* unter allen Mahlern der lihblichste. Sein Haupt-Stükk war ein Abriß der *Venus*/wie sie mutter-nakkt auß dem Meer stieg. Sie stund auff einer Muschel und drukkete sich mit ihren Händen das See-Wasser und den Schaum auß ihren Hahren. Alß Uhr-Bild hatte ihm eine Bey-Schläfferin des *Alexandri Magni* gedihnt/die ihme dihser hernachwerts zum *Honorario* verehrte.

Apollo/der Fürsteher der *Mus*en. Aller Tichter Obrister. Vom Plato for die Sonne gehalten.

Arcas/ein Schäffer.

Aretin/ein ärgerlicher Stachel-Schreiber. Seinem unflähtigsten *Collectaneo: »De omnibus Veneris Schematibuss«* hat er der Ehrbarkeit wegen einen lateinischen Titul gegäben. Geläsen habe ich es nicht.

Argus/ein Hirt mit hundret Augen.

Aristoteles/ein großes *authoritäti*sches Thier. Der Griechen Vernunfft-Lehrer. Daß er sich im Alter hätte verschneyden lassen/nachdäme er seine Weißheit vom *Salomon* genommen/ist eine Erzehlung der Jüden.

Aurora/ein Frau mit Rohsen-färbigten Fingern. Eine Vorläufferin und Kammer-Magd der Sonnen.

Baal/der erste Monarch über *Babylon.* Nach seinem Tode unter die Sterne versezzt. Ein Ertz-Teuffel!

Bachus/ein heydnischer Haupt-Gott. Der Erfinder des Bestialischen Sauffens.

Bezoar/eine Ahrt Heil-kräfftiges Bibergeil/benachbahrt dem Zibeth. Besihe dises.

Boreas/der unannehmliche Nord-Wind.

Byzantz/der Morgen-Länder göldne Wunder-Stadt. Ihre Figur ist dreyekkicht und ihr Ümb-Kreiß fünfftehalb Meilen.

Canaan/zu Teutsch Nieder-Land. Ein annehmlichster/allerlustigster Orth.

Candaulus/ein König in *Lydien.* Nachdäme er seine Gemahlin dem *Gyges* nakkend gezeigt/schlug dihser ihme den Kopff ab und vertratt bei ihr seine Stelle.

Castalinnen/Bey-Nahme der *Musen* nach dem *Castalio* oder *Castalis*/einem *Parnass*ischen Brunnen.

Cato/ein beruffener römischer Rathsherr/der ümmer griesgramen und sauer gesehn. Ein Leut-fliehenter und Licht-scheuenter *Timon* oder Mäntschen-Feind.

Catull/unter allen lateinischen Silben-Flikkern der zihrlichste.

Cerberus/ein vihl-köpffigtes/Schlangen-hahrigtes terribles *Monstrum* oder Unthier/das an hundret Ketten für der Hölle lag.

Ceres/die Frucht- und Feld-Göttin. Eine ansehnliche

voll-safftige Person/die for ihre vihle Kinder das Brod-Bakken erfund.

Ceylan/das alte *Taprobane*/eine Insul im *Oceano Orientali.* Von Gestalt eine Birne. Ein angenehmer/allerschönster Lust-Garten. Sie stund so voller Granat-Oepffel/Feigen/Ingwer/Zitronen und Bommerantzen/daß sie den See-Fahrenden schon drey Tage vom Weiten roch.

Charon/der hellische Schiffman/so die Seelen der Verstorbenen über den *Acherontem* zu den *Inferis* fuhr/wofor er von jeder einen *Obolum* zu Teutsch Weißpfenning bekam.

Cicero/ein berühmbter römischer Disputator und Zungen-Dröscher von eusserster Eloqwentz.

Circe/eine verruffne zäuberische Weibs-Person. Eine Ertzt-Hexen-Meistrin!

Clio/der Musen fürnehmbste. Die Eignerin der göldnen Ruhm-Trompete.

Clotho/eine garstige Teuffelin.

Cocythus/ein bittrer hellischer Fluß auß den Threnen der Verdammten.

Corinne/ein galantes *extraordinari* schönes Frauens-Mäntsch. Daß sie/wie ettliche vermelden/ihrem Amanten/dem *Ovidio*/außer beym *bello Veneris*/auch noch beym Sylben-Stächen fein prav geholffen/will ich nicht annähmen; immahssen ich es gäntzlich mit dem fürnehmen Arabischen Boeten *Pharezdaki* halte/alß welcher/nachdäme er ein sehr schönes *Carmen* einer Araberin gelesen/gesagt hat: *Galli cantum cum Gallina imitatur juguletur*; zu Teutsch/wenn die Henne wie der Hahn kreht/muß man ihr den Haltz abdrehen!

Coridon/ein Schäffer.

Cupido/Ebräisch *Chabab*/wordrauß ersichtlich/daß die Heyden auch dihsen Gott auß der Bibel genommen haben. Beim *Homero/Pindaro* und *Hesiodo* der *Veneris* Söhngen. Er reichte seiner Frau Mutter noch nicht biß zum Nabul. Da dihse in zihmlicher Buhlschaft gelebt/streitten sich die Boeten/wer sein Vatter gewesen.

Cynthie/besihe *Cythere.*

Cypern/eine blaue/selige Insel in Griechenland.

Cyprie/besihe *Venus.*

Cypripor/besihe *Amor.*

Cypris/besihe *Cyprie.*

Cythere/besihe *Cypris.*

Dach/ein borussischer *Professor Poëseos.* Er war sehr Lid-reich.

Dafne/jene Nimfe/die sich lihber in einen Lorrbör-Baum wandeln lihß/alß daß sie dem *Apollini* ihre Jungfferschaft gönnte. Wenn ich die Wahrheit sagen soll/so halte ich dihses Begäbniß for ohngläublich.

Dafnis/der Verfärtiger gegenwärtiger Boesie. Ich habe sie mit so großer Lust gesezzt/daß ich nicht förchte/sie werde mit meinen Hahren verschimmeln. Da ich weder ein gebohrner Schlesier/noch auß Meissen bün/habe ich in ihrer *Orthographia* nichts substituirt/alß meinen natürlichen Verstand. *Suum cuique Pulchrum;* zu Teutsch/jeglicher Hahn vermeynt/er lege die bäste Eyer.

Daradiridatumtaridese/ein Hispanischer Pfauen-Schwäntzischer Auffschneyder und Complimenten-Macher.

Democrit/ein griechischer *Magus* und Stern-Deuter. Seine beständige Belachung der mäntschlichen Thorheiten hatte seine einfältige Landes-Leute/die *Abderiten*/auff die Vermuthung gebracht/daß sein Zustand der Hülffe des *Hippocrates* benöhtigt sey; wordrüber er für Lachen fast vom Stul fiel. Dihser alte Heyde wusste vihl und gläubte wenig.

Diana/des *Apollinis* Geschwister. Vom *Homero* die Hirschen-Mörderin benihmt. Ein längelichtes/blizzbroppres und darbey *couragirtes* Weibs-Gestell.

Dido/eine junge/verwittibte Prinzessin auß *Africa*. Waß sie mit dem *Eneas* in einer Höhle gemacht/berichtet *Virgil*.

Donkischot/ein berühmbter/Allerdurchläuchtigster/*furiosischer* Ritter von hindter den *Pyrenesischen* Gebürgen/der so *avantageux* war/daß die Bolbirer und Wundt-Ertzte nicht genug Pflästergens hatten. Ümb von ihm alles zuverzehlen/würde ein *seculum* zu kortz fallen!

Eneïs/des *Maro* Meister-Stukk. Daß er darmit gleichsahm den *Homerum* selbst überdroffen/wird von vihlen for wahr gehalten.

Eolus/der Verwahrer der Winde.

Epicur/ein wollüstiger griechischer Gottes-Leugner und Affter-Dencker. Ein purlautres Welt-Kind.

Erato/der *Musen* fürtreffligste; weil sie macht/daß die gelährte Leute gelihbt und für allen andern in besonderm *Esthim* gehalten werden.

Esther/auß dem Ebräischen ins Teutsche gedolmetscht Stern. Der Jüdinnen schönste.

Eumäus/ein berühmbter Sau-Hirt.

Eurus/bey den *Scythis*/auch *Hyperboreï* benihmbt/ ein grimmer Berg/auß dem die Winde blahsen.

Eurydice/des *Orfeus* Ehe-Weib. In der Unter-Welt die draurigste/nachdähme sie beym Veilgen-Pflükken von einem Worm gebissen.

Faunen/abergläubisches/einbildisches Wald-Gelichter. Erschrökklichte Kerrle mit Schweins-Borsten!

Febus/besihe *Apollo*.

Filomele/eine Königs-Tochter auß *Thrazien*. Wofor sie in eine Nachtigall verwandelt worden/besihe im *Ovid*.

Flaccus/ein römischer Ritt-Meister/der sich gleichsahm auff die eusserste Spizze des *Parnassus* gesezzt. Er hat sich auch auff Schraubereyen verstanden.

Fleggethon/ein Hellen-Fluß/alß welcher statt des Wassers mit Feuer floß.

Flemming/von all unsren Teutschen der Hertzrührendste. Er hat sich mit Ehren in seine Grab-Schrifft sälbst gesezzt/daß ihm kein Landsmann gleich gesungen!

Flora/nechst der *Venus* die Lihbreitzendste. Die Hüterin der bundt-besternten Wihsen/der zihren Butter-Vögel und der Hoppe-Pferdgens.

*Frygi*en/persianisches Königreich in der Landschafft *Asia.*

Galen/ein heydnischer Artzeney-Kündiger/der über 300 Drectätgens geschrihben; noch anitzt das *medicin*ische *Oracul* for gantz *Europa.*

Gargantua/der König aller Durstleider. Ein Freß-Wanst/der hundret Schuch maaß! Wie er sich mit denen jungen Gäntzlein/ümb hihr nicht unflähtig zu werden/verkehrt das Maul gewischt/besihe bei seinem Vatter *Rabelais.*

Gosen/eine lihbliche Landschaft/in der die verschnittne Jüden ihre Heerden weideten/bevorab sie den Weg durch das Rohte Meer funden.

Gracien/drey schöne Kinder/die noch niemand anderst als nakkigt gesehn. Ein Abschaum for alle *Cato*nianische Essig-Krüge.

Gryph/ein grundgelährter Schlesier/der es fürnehmlich auff dem *Theatro* zu einer sonderlichen *Perfection* gebracht. Im *serio genere* nicht minder admirabel alß im *festivo.* Er hat fast den *Senecam* abgestochen!

Hanns Sachs/ein ehrlicher Burger und Schuhflikker in Nürnberg. Ein sehr lustiger Reymen-Reisser. Sonst ein

Stimpler. Der Lateinischen und anderer Sprachen unkündig. Der Meister-Singer Ertz-Vatter.

Hebe/eine Schenckin. Alß sie im *Olympo* unter währender Mahlzeit der Götter gefallen war und alles gewihsen hatte/waß die Schamhafftigkeit verborgen haben will/hat *Jupiter* sie ab gesezzt. Waß den *Herculem* nicht behinderte/sie stracks for seine Gemahlin zu nähmen.

Hecate/eine himmlische Apothekerin und Chymistin/so auß denen Kräuttern allerhand *Arcana* braute. Von vihlen for den Mohnd gehalten.

Helena/das allervollkommentlichste Frauen-Zimmer/ so je die Welt gesehn. Sie ist auß dem Ey der *Leda* gekrochen/das ihr der *Jupiter* alß Schwan gemacht. Wordrauß erhellt/daß der *Troja*nische Krieg schon auß dihsem Vorfall seinen Uhrsprung genommen. Wenn die Chronologisten nachgerechnet haben/sie sey bey ihrer Entführung durch den *Paridem* bereits eine alte Schachtel von 60 oder gar 80 Jahren gewesen/so erweist daß nur/daß die Leute voritzo lenger in ihrem *vigeur* geblihben/alß hernachmahls; worbey sich ettliche auch auff das *exemplum* der *Sahra* bezihn. *Astynianassa*/ihr Cammer-Mägdgen/hat ein Buch von den unterschihdlichen Ahrten deß Bey-Schlaffs verfärtigt. Leider ist dihse *Charteque* verlohren gegangen.

Heraclit/ein auff-geblahsner griechischer Vihl-Wisser. Er soll ein zihmlicher Sauer-Topff gewesen sein. Der stäts fröliche *Epicur* ist mir lihber!

Hercules/zu Teutsch Heers-Keule/von allen Kriegs-Gurgeln die dapfferste. Ein Bubelirer und Ammen-Macher. Ümb ihn zu zeugen/hatte sein Vatter *Jupiter* bey seiner Frau Mutter *Alcmene* drey Nächte hindter einander verwandt.

Hesper/ein ebentheuerlicher astrologischer Traumer/der sich von einem Berge alß seinem *Observatorio* zu Dhode fiel/wordrauff ihn die Heyden-Götter auß Mitleid in den Abend-Stern verkehrten.

Hesperien/nach dem *Apollodoro* auff dem *Atlas*-Gebürge. Von andren in die *Insulas Fortunatas* versezt. Beim *Hesiodo* im eussersten Westen. Ein wohlriechendter Göldner Oepffel-Garten/der von einem hundret-köpffigten/grün-beschuppten Drachen bewacht war.

Hippocrat/der Alt-Vatter aller *Medicorum* seit einundzwantzig *Seculis!*

Hofmann/der *Venus* Leib-Boet. Gleichsahm ihr Secretarius. Seine Lider werden noch brännen/wenn wir alle schon lengst werden zu Staub und Asche seyn.

Homerus/nach ettlichen Bostill-Reuttern in sihben Städten zugleich gebohren. Nachdäme ich ihm sein Lob schon gegäben/bräuche ich hihr nichts mehr hinzu zusäzzen. Sein Stern hat aller vertunckelt!

Horaz/besihe *Flaccus.*

Hybla/eine Stadt auff Sizilien. Sonst unbekant.

Indjen/ein asiatisches *Imperium*/so den *Globum* fast biß zum fünfften Theil bedäkkt.

Indus/ein Fluß/der auß dem Berge *Caucaso* mitten durch des grossen *Mogols* Länder ins Indianische Meer fällt. Nechst dem *Nilo* der grösste. Voller Crocodillen und Pärlen!

Jason/ein verflossner Meer-Rauber. Daß er sich auß dem Lande *Colchide* ein purgöldnes Widder-Fell geholt/ist bezeugt worden vom *Pindaro.*

Jocus/der Alten Schertz-Gott.

Junius/unser Brach-Mohnd.

Juno/des *Jupiter* Ehe-Weib. Von den *Physicis* for die unterste dikke Lufft/wie *Jupiter* for die oberste dünne gehalten. Da es seiner unterschiedlichen *Maitressen* wegen Zanckens und Beissens genug zwischen ihnen beyden sezzte und ettliche berichten/sie habe den *Volcanum* blohß vom Winde/den *Martem* von Anrührung einer Blume und die *Heben* von Essung eines Saulats empfangen/wollen andre/daß sie ihrem Gukguk gar so reine Farbe auch nicht gehalten. Daß sie nach des *Moses* Frau *Zephora* der Bibel abgeschihlt worden/werden die wenigste gläuben.

Jupiter/der Heyden Ober-Gott. Er war so unflähtig/daß es kein Laster gibt/darmitte er sich nicht besudelt hätte. Daß er sich nicht scheute/seinem eignen Vatter/dem *Saturnio*/mit einer demantnen Sichel das *Patrimonium* ab zuschneiden/wordrauß dan/als es ins Meer fiel/sich die *Venus* erhub/war von seinen Schand-Dhaten noch die gelindeste. Üm seinen *Passion*en ein Gnüge zu dhun/wandelte er sich nicht blohß/wie bey seiner *Juno*/alß sie noch Jungffer war/in einen Gukuk/sondern er überlistete seine Kebsen auch noch alß Ockse/alß Schwan/alß göldner Regen/alß Nebul/alß Plizz/alß Wolcke/alß Odler/alß Wachtel/alß Worm und alß Omeise; ohngerechnet der *Alcmenen*/der er zu ihrem *Herculi* in Gestalt ihres eigenen Mannes des *Amphitryonis* verholff. Die von ihm getichtete übrige *obscöna* übergehe mit Stillschweigen.

Kastraten/außgeschnittne Leut. Arme ohnvermügliche Hämmlinge.

Korint/die ädelste Stadt Griechenlands. Im *Peloponnes* von zwey Meeren bespühlt. Fünffzehnhundret und zwey und sechtzig Schuch über ihr erhub sich ein Tempell der Göttin *Veneris*/in welchem bey dausend Jungffern waren/die gägen ein Dranckgeld keinem ihre Dienste versagten. Es ist garnicht außzusprechen/waß for ein Geläuff auß aller Welt zu dihsem Tempell gewesen ist!

Kowjar/ein schwartzer Moskowitischer Fischrögen/ mit Pfeffer und Saltz angemacht. Er soll sehr guht schmäkken!

Lalage/eine verlihbte Buhl-Dirne beym *Horatius Flaccus*. Er hat sie durch seine verträuliche Spizzfündigkeiten zihmlich berühmbt gemacht.

Laura/des *Petrarchae* Lihbste. Er hat hundret Oden auff sie gemacht. Daß sie Mutter von fast äben so vihlen Kindren gewesen/haben Uebel-Wollende ihr nach gehänckt. Elwe stehn in den *Archivis*.

Leander/ein unglükkhaffter Lihbhaber/der so hizzig war/daß er sich unterstund/in der heiligen Drei-Königs-Nacht den *Hellespontum* zu durchschwimmen. Was geschicht? Er versoff.

Leda/eine Königin in *Aetoli*en. Ümb ihr bei zukommen/verstellte *Jupiter* sich in einen Schwan/alß welcher er vor einem Odler/der die *Venus* war/in ihren Schooß retirirte; wordrauff er ihr sonstwaß zumuhtete.

Lethe/ein übles Gewässer/auß dem die Dodten drancken.

Liber/das ist Befreier/ein Bey-Nahme des *Bachus*. Besihe dihsen.

Lohenstein/von allen Schlesiern der Hoch-Drabenste. Ich will ihn nicht zerlästern und gemein machen; aber er kömbt mir neben dem Lob- und Lihb-würdigen Herrn *Hofmann* (besihe dihsen) wie ein Sechsling neben einem Rosenobel für. Er hat mir for mein weniges *judicium* zu vihl Capreolen geschnitten!

Lukrezie/ein römisches Frauenzimmer. Waß sie mit dem Lümpgen *Tarquinio* gehabt/nähme ich vor bekandt an.

Luna/der Ehemaligen Mond-Fei. Der Lihbes-Handel/den sie auff dem Berge *Latmo* mit dem *Endymione* gepflogen/ hat unsre Böotische Schmihr-Flägel schon zu manchem *Pasquillo* admovirt. Sie soll es mit jenem Printzen biß auff die 50 Töchter gebracht haben. Ich behäupte nicht das *contrarium.*

Lyäus/besihe *Liber.*

Mänaden/besoffne Mäntscher/die Löwen/Pardel- und Tyger-Thiere/sowie andre dergleichen Bestien/so sie im Gefolge des *Bachi* mit sich herumb führten/ gantz roh und ohngekocht fraßen.

Magnet/ein ohnwihderstehlichster Anziehungs-Stein. Auß einem Berg in Indien. Besihe dihses.

Mahom/ein arabischer Betrieger und Cameel-Treiber. Daß die falsche Religion/die er erfunden/ihme vom Teuffel eingeblahsen/darüber sind sich die Christen einig. Daß der Engel Gabriel ihm die Zubereitung eines Gerichts gelährt haben soll/welches ihm die Stärcke von viertzig Mannspersonen in allen Verrichtungen der *Venus* gegäben habe/halte ich for die allerlächerlichste Fabul.

Majus/der May-Mohnd.

Mammelükken/eine fühllose/fast schwartze Völkerschafft.

Maro/besihe *Virgil.*

Mars/der Heyden-Götter Sankt Georg. Der *Venus* Stopff-Galan.

Marspiter/besihe *Mars.*

Matz/ein Schäffer.

Mavors/besihe *Marspiter.*

Megäre/eine gräuliche griechische Struntzel/mit Schlangen-Zöpffen.

Melampus/ein Schäffer.

Meleager/ein griechischer *Grammaticus* und saalbaadrischer *Philologus*/der sich den Motten und Mäusen längst zum Confäkkt überlassen!

Memfis/eine egyptische Gözzen-Stadt. Bey ihr stunden die *Pyramiden*/die unter die sihben Wunder der Welt gerechnet wurden.

Mercur/der Götter schläuster. Er stund denen Beutel-Schneidern und Kauffleuten für. Er soll auch/ohnbeschadet dem *Jubalo*/die *Music* erfunden haben.

Metrodor/ein Welt-Beschreiber.

Midas/ein tölpischer König in *Frygien*. Er war so einfältig/daß er den albren Hirten-Gott *Pan* mit seinem Tudel-Sakk dem *Apollini* fürzog; waß dihsen so hefftig erzörnte/daß er ihme als *Gratial* for sein verkehrtes Urthel Esels-Ohren auff säzzte. Wälche wollen/durch solche prostituiren sich die Kunst-Richter noch heute!

Minerva/besihe *Pallas*.

Mogol/der grosse König in *Indostan*/von dem *Temur* oder *Tamerlan*e herstammend. Er soll 300 Millionen Einkommens und 50000 Helephanten haben. Es ist kein Potentat/der erschrökklicher wäre!

Momus/ein tartuffelnder/stinckenter Widehopff und Neidhund/der von hindter seines Vatters Kachel-Ofen an allem waß außzusäzzen fund. Sälbst bey der *Venus* stand ihme nicht an/daß ihre Pantoffeln allzu sehr klapperten/wan sie ginge.

Mopsa/des *Mopsus* Grohß-Magd. Daß sie ihme des Winters sehr offters/nachdäme sie ihme abends zu den Wörsten gehakkt/auch noch alß Wärm-Stein gedihnt/achte ich ausser allem Zweiffel. Die sie blohß for seine Tochter gehalten/betriegen sich.

Mopsus/ein Pauren-Bengel.

Morfeus/ein Bedihnter des Schlaffs. Des *Thanatos* Zwilling. Nach andren auch blohß sein Geschwister-Kind.

Moschen/auff Frantzösisch auch *Mousch*en/jene außländische *Alamodo*-Pflästergens/so sich die alte Nacht Eulen ümb ihre Qwer-Mäuler bappen.

Musc/auch Muskat/ein gewürtziger Nußbaum auff den antipodischen Zimmet-Insuln hindter dem Lande *Arabia.*

*Mus*en/der Künste Lehr-Meisterinnen. Neun annehmliche Jungffern/so ettliche ihrem Nahmen nach *per Ethymologiam* vom *Moses* deriviren/da dihser *omnis eruditionis princeps* gewesen. Ich will dargägen nichts gesagt haben.

Naso/besihe *Ovid.*

Nectar/ein süsses/dem Magen bekömliches Bier/so die Götter drancken.

Neptunus/des *Jupiter*/seines Bruders/*Admiral.* Der Regirer über alles See-Vieh.

Niclas/der Kleinen Knechtrupprecht.

Nil/auff Lateinisch *Nilus*/der Vatter der Ströhme. Er entspringt bey den Mohren und steigt gemeiniglich biß zu sechtzehn Ellenbogen. Er war die Uhrsache/daß in seinem Lande *Egypten* die Meß-Kunst erfunden wurde/weil seine Ueberschreitungen die Gräntzen der Felder verweiterten.

Niobe/ein *importun*es kümmerliches Weibs-Gestell/ so auß Bedrübniß über den Dodt ihrer armen Kindgens zu Marmol wurde. Noch auß ihren versteinten Aug-Oepffeln vergoß sie Threnen.

Nocturna/auch *Nox* benennt/der Göttinnen älteste. Sie fuhr auff einem schwartzen Wagen/alß den ihr der *Jupiter* geschänckt/nachdäme sie seinen Handel mit der *Alcmena* märcklich favorisirt hatte.

Noha/der nach verloffner Sünd-Fluht den Wein gepflantzt. Der dihsen dan gesoffen und sich von seinen Töchtren beschlaffen lihß/war ein andrer.

Nymphen / auch *Nimfen* / griechische Wasser-Jungffern.

Olim/von ihme wird getichtet/er hätte schon vierdausend Jahre für Erschaffung der Welt gelebt. Er starb unter währender Erbauung des *Babylon*ischen Thurms/ bey welchem er vermuhtlich nicht mehr darbey gewesen.

Opitz/unser aller Meister.

Oreaden/Grün-hahrigte Berg-Mägdgens. Der *Dianae* Gespihlinnen.

Orfeus/ein griechischer Schwartz-Künstler/der ümbs Jahr der Welt 2727 zu den Zeiten des Jüdischen Richters *Thola* auß *Egypten* gekommen seyn soll. Der *Eurydice* Ehe-Mann. Des *Apollinis*/seines Vatters/*Discipul.*

Ovid/ein Lateinischer Süßholtz-Raspler/der in des *Amor*s Schule nicht auff der untersten Bank gesessen.

Paffos/besihe *Amathunt.*

Pallas/von allen heydnischen Göttinnen die gelährteste. Sie soll das Oliwen-Öl erdacht haben/weil man zum Studiren die Lampe bräucht. Daß sie ihr Leb-Tag eine Jungffer geblihben/halte ich nicht for erwihsen.

Pan/der Gott der Zihgen- und Küh-Hirten. Er soll einen zihmlichen Jüden-Bahrt gehabt haben.

Parnass/der *Mus*en Brocksberg. Daß er zwo Spizzen gehabt/ist den beeden Bergen *Sion* und *Morijah* abgestohlen. Sein Qwäll *Castalis* ist dem Brunn *Siloah* nachgemacht.

Pegasus/der Boeten Plizz- und Donner-Roß. Auß seinem Huffschlag soll der Brunn *Hippocrene* entsprungen sein. Besihe *Aganippe.*

Persepolis/der Persianer Königs-Stadt. Vom *Alexandro Magno* auff Anstifften der Buhlerin *Thais* in Asche gelegt.

Petersquentz/ein närrischer Schul-Meister/der vihl Gickes gackes gemacht hat. Ein Delpel und Dilldappel.

Petrarcha/ein hurtiger Toskaner. Nächst dem *Dantes*

und *Boccatio* der beruffenste Italjäner. Herr *Menage* in der Vorrede seiner Anmärckungen über des *Malherbe Poëmata* hält darfor/daß die Zahl seiner *Commentatorum* nicht geringer sey/alß derer/so über den *Virgilium* geschrihben. Er hat von seiner *Laura* (besihe dihse) so vihl Wercks gemacht/daß ihme schon würcklich zu gläuben ist/wenn er versichert/er habe sie ümmer blohß vom Weiten gesehn.

Petron/ein ungemein hizziger Lateiner. Von allen dihsen Kompanen der außverschehmbteste. Er kunt einen halben Ocksen in Eins fressen/ohngeachtet das Zugemüß. Nach dem *Justus Lipsio* ein Autor *purissimae Impietatis.*

*Pierinn*en/auch *Opitz*innen/besihe *Mus*en.

Pindar/im *lyrico genere* in der gantzen *Antiquität* der considerabelste. Vom *Politiano* sogar über den *Davidem* gesezzt!

Pindus/besihe *Parnas.*

Plato/von allen Welt-Weisen der Sinnreichste. Er hat schon die göttliche Dreyeinigkeit gewußt. Von ihme wird geschwäzzt/daß er von einer Jungfrau gebohren worden sey/welche des Abgotts *Appollinis* Gespenst geschwängert haben soll. Daß er sich verdreußtet haben sollte/den *Homerum* auß seiner *Republique* zu verbannen/halte ich for ein Mährgen.

Plinius/ein römischer Natur-Kündiger. Ein *Politicus* und Hof-Mann.

Pomona/die Herbst- und Oepffel-Göttin. Des *Vertumni* Amantin.

Porfirius/ein muntrer Kopff/der sich eusserst admirabel gemacht hat. Daß er wider die Ewigkeit der Hellen-Straffen geschrihben/wollen wir ihme alß einem Heyden nicht nachrechnen.

Potifar/des *Pharaonis* Geheimbde-Kämmerer. Nach

der Lateinischen Bibel *Vulgatae versionis* ein *Eunuchus*/zu Teutsch Kapp-Hahn.

Properz/ein nicht unlihblicher Lateiner/der in seinem *Carminibus* rohte/fewrige Tulpen/schön schattirte Nelcken und andre dergleichen herrliche und anmühtige Gewächse denen unansähnlichen und nüzzlichen Stauden fürzog/so Margrittgen for ihre Küche ropfft. For die Mükken-Seiger ein unflähtiger Roß-Kefer!

Proserpina/des *Pluto* Ehe-Wirthin/alß welche sie mit dihsem Unhold wider Willen hatte zu Bette gehn müssen.

Psyche/eine griechische Jungffer mit Schmetterlings-Flügeln.

Pygmalion/ein König auff *Cypern*/der in ein Stand-Bild der *Venus* verlihbt war.

Pyramus/ein Lihbhaber der *Thisbe*/der sich auß falscher Meynung sälbst erstach/wordrauff sich dihse gleichfalls hinrichtete.

Pythagoras/ein griechischer Schul-Meister/der vihl Nachdenckliches ersonnen. Daß nach ihme ein Ey zur Herfürbringung der Welt gedihnt/halte ich aber for ein aller Wahrscheinlichkeit entblöhßtes Mährgen; mahssen solches gägen meinen *Sensum physicum* ginge/zu Teutsch natürlichen Verstand.

Pythia/eine heydnische Wahrsagerin/alß welche sie über einem unterirdischen Feuer auff einem Drey-Schemmel saß.

Quindecimpilus/ein Schäffer.

Rabelais/der gelährteste Frantzose. Er hat von seinem grossen Riesen *Gargantua* (besihe dihsen) ein so lustiges Buch geschrihben/daß sich alle Welt bukklicht gelacht hat.

Rist/von allen unsrer vollkommenen und Majestätischen Haubt- und Helden-Sprache Beflissenen bißanhero der gewaltsahmste.

Ronsard/ein gelährter frantzösischer Eddelmann. Sein Mund/den gleichsam *Apollo* sälbst geküsst/ist von ohngemeiner Süssigkeit gewesen.

Saffo/auch *Sapffo* benihmbt/die sich auß verlihbter Wuht über die Hartigkeit ihres *Phaonis* von dem Felsen *Leukate* gestörtzt. Die ihr nachgesehn/haben sich auß dem Flattren ihrer Kleyder betriegen lassen/daß sie in einen Schwan verwandlet worden.

Salomo/jener Jüden-*Pontifex*/der wider die Eremitische Draurigkeit die meiste Weiber gehabt.

Saturnus/der ungehöbelte Wetter-Gott. Er bemaaß die Zeit nach seiner Sand-Uhr und versah zugleich die Cometen.

Satyri/unreine/den *Incubis*/verwandte Geister/so in den Abgrund des hellischen Pfuhls gehören. Sie waren so geul/daß sich kein Frauens-Volck sicher für ihnen sehen lassen dorffte. Von denen Natur-Kündigen auff eine Ahrt Affen gedeutet.

Scaliger/ein Welt-berühmbter *Padovaner*. Die Zihrde seiner Nation. Gleichsamb for ein Wunder seiner Zeit gehalten.

Scriptores Sacri/der Papistischen Kirchen-Väter: *Tertullianus*/*Cyprianus*/*Arnobius*/*Lactantius*/*Minutius*/*Felix*/*Augustinus*/*Cyrillus* und die andre große Lichter. Sie *in summam* zu vermärcken/würde nach *Reliqui*en von Schul-Füchsereyen stincken.

Silen/des *Bachi* Hof-Meister und Sauff-Bruder/alß welcher er dihsem Printzen so manches Fuder Wein gekostet. Ein Schmausirer und Schmaruzzer!

Simbson/der Jüden *Hercules*.

Sirene/ein wollüstiges/unerbahres Frauen-Zimmer.

Sodom/besihe das erste Buch *Mose*/Verß 24–25 im neunzehnten Kapittul.

Stagirit/besihe *Aristoteles*.

Stambol/besihe *Byzantz*.

Susa/zu Teutsch Lilgen-Burg/der Persianischen Könige alte Schazz-Kammer Stadt.

Sylvan/ein Wald-Gott; der *Faun*en und *Satyri* Anführer. Besihe dihse.

Syrinx/eine jämmerlich schöne Nimfe.

Tantalus/ein König in *Frygi*en/däme für Hunger und Dorst die Zunge ümmer auß dem Maul hing/weiln er blapperdaschig der Götter Heimlichkeiten auß geschwazzt.

Tellus/die Erd-Göttin. Nach ettlichen aller Götter und Menschen Mutter. Von andren for die *Eva* gehalten.

Thanatos/der Alten Hannß Mors.

Thelilar/ein Sau-Mäntsch! Deliberire/man kännt sie sattsamlich auß der Bibel.

Theocrit/der erste/der auff einem Haber-Halm gepfiffen.

Theopomp/ein griechischer *Philosophus*/der zihmlich schwülstige *Composita* verfasst hat. Es were vihl Ries-Wurtz nöthig/ümb so ein Gehirn von der ihm ankläbenten Thorheit zu saubern!

Thetis/ein Meer-Fräulein. Des berühmbten griechischen Fürsten *Achilles* Mutter.

Thisbe/eine Jungffer aus *Memfis*. Besihe *Pyramus*.

Tibull/ein kurtzweiliger Lateiner/der mehr for das wohl-fliessend Lihbliche war/alß for das metaphorisch Tieffsinnige und Majestätische. Nach meinem *Gousto* nicht der knastrigste.

Titan/besihe *Apollo*.

*Triton*s/des *Neptuni* nasse See-Trompeter.

Troja/jene berühmbte asische Stadt/die nach zehnjähriger Belägerung erobert und verbrannt wurde.

Tyrtäus/ein *Lacedämon*ischer General/so zur Flöhte gesungen.

Venus/die wir alle kännen. Aller Götter und Göttinnen obriste. Im steinigten *Argos* opfferte man ihr mit Rohsen gefüllte Färckel. Ich halte sie mit dem *Plato* for die Püppel-Mutter der Boesie.

Vertumnus/der Römer Wintzer-Gott.

Virgil/ein heydnischer Hexen-Meister. Wie er *Christum* bereits vorgeahnt/beweisen die *Scholastici*. Daß er darbey auch fast allzu lustig sein kunte/verrahten seine *Bucolica*/zu Teutsch Hirten-Lider.

Volcan/der *Venus* Ehe-Mann. Ein außgemachter Hahnrei. Sonst von Profession ein Schmitt. Daß er der jenge gewesen/der in der Heiligen Schrift *Tubalcain* genennt wird/halte ich for eine ungegründete Meynung.

Zefirus/ein Lufft-Gott. Der *Flora* Mann. Ein zihmliches Milch-Maul.

Zembla/eine Insel der halb erfrornen Lappen gantz im Eyß-Meer; dem nördlichten *Polo* benachbart.

Zibeth/ein sinesisches Reuch-Mittel von eußerster Kostbahrkeit. Auß dem stinckenten Brunst-Beuttel einer Zihge.

Zoilus/ein Nasen weiser/mißgönstiger Splitter-Richter. Ein großmäuligter Kunst-Frässer. Unter allen Verdrühßlichkeiten dihses zergänglichen Erdkreises die klagwürdigste. Ich säzze sein übel-klingentes Geschrey nicht vihl über das Gepfeiffe der Nacht-Wächter. Einstweilen empfehle ich mich den *Parcen*!

Des berühmbten Schäffers

Dafnis/

hernachmahligen Pastors und Predigers
des Heiligen Evangeliums
zu Hohenkreyentorp im Eichsfeldschen/
angehänckte/sälbst verfärtigte/

Auffrichtige und Reue mühtige

13

Buß-Thränen/

benebst jänem bereits vermelten/
nüzzlichen Fürvermärck
über die besondre Lebensümbstände
des selig Verblichenen
durch
Selamintem.

Vanitas! Vanitatum Vanitas!

Biblia Sacra

FÜRVERMÄRCK.

Es ist ein ärgerlicher Zufall/daß grade die sonst *capabel*-*ste* *Ingenia* deß offtern beyneben die außgemachteste Seu-Rüssel sind.

Unter allen Lautenisten/die der selige Herr *Opitius* mit seiner göldenen *Poesie* auß dem sonst unfruchtbahren Boden unsres gelährten Vatterlands gleichsahm wie mit einer Wüntschel-Ruhte herauß- und herfür gelokkt hat/ist unser DAFNIS unter dihsem Hinblikk nicht blohß der künstlichste/sondren auch der unflähtigste gewesen. Er war so Welt-verlihbt/daß er sich nicht scheute/seinem Nahmen jenen Bey- oder Zusazz AUS FLANDERN anzuhängen/der einem ehrlichen Christen übel ansteht und einen unerbahren und wanckelmühtigen Mäntschen verräht.

Nachdäme er in seiner ungezeumten und hizzigen Jugend in Altdorff gesoffen/ in Jena geraufft und in Helmstädt denen *Professoribus* die Fenstern eingeschmissen/stehn seine übrige Lebensümbstände/dafern sie nicht schon auß seinen Liedren springen/in seinem lästerlichen »Nohtwendigen Vorbericht« bereits meinstentheils von ihme sälbst vermärckt. Er war dermahls noch zihmlich in seinem *vigeur* und man spührt auß seinen Außdrükkungen/daß er ehist den Dägen mit beynah noch grösserer Geschikklichkeit zu führen gewusst/alß die Fehder.

Erst nachdäme sich bey seinem starcken Geblüht allgemählig die hefftigste Stökkungen eingestellt/brachte sein herein gebrochenes Alters Gebrest ihn zum Nachdäncken. Er erwehlte die stille Einsamkeit zu seiner lihbsten *Favoritin* und fing an/sich nach Drohst-Gründen ümbzusehn.

Concordia Beate Emerentia/von der er verhoffend

gewesen/sie würde ihme die Augen zudrukken/hatte ihn nach unveränderlichem Gottes-Willen in dihsem irdischen Jammer-Thal bedrühbt allein gelassen/und von seinen Söhnen/die nach ihrem Vatter schlachteten/kamen ihme auß Flegelhausen und Zechendorff zum Verdriehß bloß noch Brieffgens ümb Cremnitzer Dukahten zu und ümb Lüneburgische Wildemanns-Dhaler.

Die Herrlichkeit dihser Erde verlohdert wie ein angezündetes Büschel-Werck und auff ein großauffgesperrtes Maul folgt das *Malum hippochondriacum*. Das sind uhralte *Veritates*! Silvette/Flattaris und Mabelle/dihse irdische Göttinnen/wie er sie genanndt hatte/ekkelten ihn itzt/und er sah ein/waß er mit seinem Säuischen Gekruntze for ein einfältiger Stroh-Stöppsel gewesen.

Ümbsonst! Daß er bey itzt klügerem Alter des *Ovidii* Verwandlungs-Buch denen *Lamentationibus Jeremiae* hindtan säzzte/verhalf ihme nichts mehr! *Beelzebub/Satanas/Pluto/Barrabas* und die andre verteuffelte Herren der Fünsterniß waren zu lange seine Spieß-Gesöllen gewesen!

Bref/der erzörnte Gott *refusirte* seine gefürnißte *Excus*en und der thörigte Frey-Geist starb/nachdäme ihme noch zurlezzt von einer *Scorbut*ischen Gicht alle Finger in der Hand krumm und unbrauchbar gewesen/von Seinen ungnädigen Blikken bestrahlt wie er gelebt hatte.

Wohl fund sich unter seiner wenigen Hindterlassenschafft/außer einigen schon hinlänglich *caduc* und zitterich nihdergeschriebenen Leichen-*Sermonibus*/ die ich mir in *respectueuse*m Anbetracht ihres heiligen Balsam-Schmakks vihlleicht nicht unbillig alß beförderliches *Bresend* behihlt/auch noch ein bröcheriges/buntschäkkichtes/mit flammenden Feuer-Rohsen vermahltes Kästgen voller zermürbelter Zokker-Hertzgens/zerstäubter Mayen-Blöhmckens und zu kleinen Kräntzgens verknüttelter Haar-Tzontzelgens. Deßgleichen und im weiteren ein schon arg verschruntzeltes und verkrumpeltes Daffet-Däschgen/alst in welchem vergilbte Athlaß-Schleiffgens/verschlissene Sammit-Klunckren und mit weissen wie noch flünkernden Gelseminen-Blühtgens bestirnte Zinober-Bändgens/sowie etzliche seltzahme/mit närrisch kauterwälschen *Vanitäten* in krausen Zikk-zakk-Littren bekriggelte Zedulchens/wie sie das verlihbte Frauen-Zimmer im Rükken Anderer schläu und insgeheimbd ihrem *cortesir*enden/dienstwilligen *Galan* und Lümpgen nippernäppisch tendelnd auß verbuhlter Milch-Hand noch fast Busen-warm in die begihrlich hingesträkkte Rechte zuzustekken pflegt; beynebst einem armsälig dünnen/lengst mitten versprungenen/silbrenen Vergiß Mich nicht-Rinckchen. Für allem aber und im gantzt Besonderem ein zihmbdlich erklekkliches Bündel *Collectanea* auß jener deplorablen Zeit/allwo unser ehbevor außgelassener Bubelirer/Gassen-Freund und *Cynikus*/in den eytel nichtigen/wenngleich gläntzenten Laster- und Sünden-Schlamm dihser doch offenbar blohß nur Scheinbahrkeit biß über sein *cerebrum* versoffen/sein küzzelichtes Fleisch gar trefflig verlustihrt hatte; mit allerhand schnurrpfeifferischen Stükken »Er visihrt sie durchs Schlüssel-Loch«/»Sie mahlt sich einen Frühling an«/ »Es aigrihrt ihn/daß sie sich nicht genugsamb ümb seinen Karbunckel harmt« und ähnlichten spitzfündigen Tituln. Auff zahrtem Jungffern-Pappihr mit kostbahrer/sinesischer Muschel-*Tinctur* und darmitt auch ja alles rächt blizzen und schimmren möchte/mit Gold- und Silberfäden zihrlich verhofften. Ich erachtete mir for *auctori*siert/sölbichte Dildappeleien und Pagadellen Sporen-Streichs dohinne zu befördren/worhineyn und -hinab sie gehöhrten. Ich will nicht sagen wo.

Daß ich Dir jedennoch/nichts däm zum Drotz/seine bekannte/vihlberufene/übersäfftige OMNIA MEA wegen zu starcken Abgangs derer *Exemplar*ien und weylen sie auß dihser Mangel-hafften Bedrühbniß-Welt nun einmahl doch nicht mehr wekk zu schaffen sind/bevor seinen zu späht außgeschütteten Buß-Thränen hihr nochmalß und vom Neuen vermehrfältiget habe/wird niemand unbilligen.

Wer auch nur ein Viertel Pfennig-Stükk von einem Judicio besizzt/weiß/daß ich dihß nicht for die *Epicur*ische Mast-Seue gedahn/for die Bantagruels-Brüder und Späkk-Schnäppel/die mit mir nicht unter die sälbe Zech gehören/sondren auß aller-*honett*esten Absichten alß *Pythagor*isches *Symbolum*! Nicht zu höchlichster Belihbung/Erlüstigung und Wollustirung/sondren auß Misericordia! Gehet hin und dhuet nicht desgleichen! Evangelium Lucae/

Verß fünff im dreyzehnten Kapittul.

Amen!

ER LIGT ALT UND KRANCK
und kombt sich für geschlagner denn Hiob!

Ode Jambica.

Nun bün ich fast schon siebtzig Jahr/
das Leben hat mich wie zerschmissen;
bald weiß kein Mäntsch mehr/wer ich war/
kaum drohstet nachts mich noch mein Kissen.
Der Welt ihr Seiffen-Ball zersprang/
mein Lauten-Spihl ward Harffen-Klang!

Ich bün auß Staub und muß vergehn/
kein Bisam-Büxgen wird mir nizzen.
Was soll mir *Rom* noch und *Athen*?
Von Fern her seh ich *Salem* blizzen!
Nur Eins wird noch von mir gepreisst:
Die große Kunst/die Stärben heisst!

Mein Leib/dihß für so fäste Hauß/
ligt spakk darnihder/fast zerbrochen/
die Ahdern trukkneten ihm auß/
ich hänge kaum noch in den Knochen.
Mich krümmt der Grieß/mich narbt die Gicht/
erbärmlich bün ich zugericht!

Allnächtlich dappt er sich schon für/
der alte außgefeimte Rakker.
Bald knaxt die Diehle/bald die Dhür/
der Wind heult hohl vom Stoppel-Akker.
Itzt bocht es an und will herein –
mir grähst ins innerste Gebein!

Was würde strakks mit mir geschehn/
wann meine Augen itzt verrönnen?
Der allerweiseste *Galen*
hat nichts darvon verrahten können.
Da hülfft kein Jammer/kein Geschrey/
mein Hertz ist gantz darvon entzwey!

Eins ist mir sicher und gewiß:
acht Bretter werden mich ümbhägen/
*Egypten*s schwartze Fünsterniß
wird wie auß Sonne seyn dargägen!
Mein Fleisch/das lüderlich geprasst/
fäult dan alß Wurm- und Schlangen-Mast!

Zwar das geehrte Testament
verheisst uns dröhstlich die Posaune;
uns wekkt/wenn alles sich gewendt/
die gleichsahm himmlische Karthaune.
Sey sein Gebein auch lengst zerstäubt/
der wird erhöht/wer dran gegläubt!

Doch sälbst gesezzt/daß dihß geschicht/
ich war ein arger Satans-Brahten/
vihlleicht so hält sich das Gericht
an meine nichts wie Frefel-Dhaten.
Die Zunge kläbt mir und verdorrt/
dan schlukkt mich ein der Schwefel-Port!

Ein Rabe draussen krokkt *crass crass*/
wer weiß/ob ich ihn rächt verstehe?
Ob ich dihß volle Stunden-Glaß
noch ein-mahl abgeloffen sehe?
Ob sich das blancke Morgen-Licht
noch ein-mahl ümb mein Lager flicht!

O HERR/wie drükkt auff mir Dein Joch!
Nein/nein/ich will nicht läppisch flennen!
Nur ein-mahl/ein-mahl/ein-mahl noch
laß mir Dein lihbes Früh-Roht brennen!
Der Himmel schnarcht/die Hölle wacht/
verlisch mir nicht/du Glaubens-Dacht!

ER BESPRICHT SICH
fast die gantze/lihbe/lange Nacht mit seynem Andren /wordreyn sich dan zum Schluß noch ein Dritter mängckt.

Gleichsamb ein *Duo-Quodlibet.*

Er sälbst:

Der Regen dropfft auffs Dach/
vor Jammer lihg ich wach.
Ich bün so gantz allein!
Mein Gott/warümb die Pein?
Verraucht/verweht/verstihbt
ist waß ich einst gelihbt!
Waß vohr mich gantz gewann/
itzt stinckt es mich blohß an!
Nichts harrt/nichts währt/nichts helt
in dihser Wanckel-Welt!
Verstellt war ihre Zihr/
mein Hertz erschrikkt für ihr!
Wo blihb mein Scheitel-Hahr?
Wo/waß ich ehmalß war?
Mein schon gemachtes Grab
winckt mir zu sich hinab!

Der Andre:

Einst mit Veitel Itzig Schmuhl
saßtu auff dem Spötter-Stuhl/
dreyn dir *Venus* weiß und roht
Gifft auß göldnen Schalen boht!
Sonder jäde Schahm und Scheu
lagstu offt bey ihr im Heu!
Dabback/Wörffelgens und Strützel/
du verfluchter Fleisches-Kützel!

Einst so schmäkkten dir Margrittgens
eyn-gemachte Zokker-Kwittgens/
do du Geist und Feuer fühltest/
do du dich im Schlamm-Pfuhl wühltest!
Itzt nach also geulen Dhaten
wird es übel dir gerahten!
Bald beblincken silbre Kwasten
dir den schwartzen Ruhe-Kasten!

Er sälbst:

Weh/wie büstu mir ergrimmt/
mein Gesicht in Thränen schwimmt!
Süh/mir dhut so schmertzlich leid
meines Fleisches Nihdrigkeit!
Meine Hände wurden Bley/
meine Augen sind entzwey!
Meine Knochen/die fast brechen/
sünd zween dürre Klapper-Rechen!
Krümmer/kräncker heult kein Hund!
Nichts mehr ist an mir gesund!
Grahm und Kummer mich durchfrißt!
Keiner/der mir hülfflich ist!
Jädes Stoltzes schweigt lengst baar
meines Hochmuths Brand-Altar!
Seit/der fromm die Himmel lenckt/
mir ein neues Hertz geschenckt!

Der Andre:

Sunst – fallt dir gahr-nichts eyn?
Du büst so Mause-klein!
Wer schry: Juchhei! Juchhe!
Ju/*Evan*/Evoe?!
Wer grubs in alle Linden/
dort kann man es noch finden:

»Laß mich in deine Schooß/
ach Gott/nur halbicht blohß!
Der Mensch soll sich beweiben
und sühße Kortzweil dreiben!«
Lihß eine sich wo greiffen/
verdratt er ihr den Steg;
mit Trummeln und mit Pfeiffen
schritt er den breiten Höllen-Weg!
Gottseydanck/sein Zukunfts-Standt
war ihm noch gantz unbekant!

Er sälbst:

Ach ja/der fernen Stunden!
Der so schönen Zeit!
Do ich fro empfunden
ihre Lihblichkeit!
Ihr Mund auß Alikant
roch wie nach Amaranth!
Nie machte mir Verdruß
sein nasser Wihder-Kuß!
Schon mit ihren blohßen Blikken
wußte sie mich zu erkwikken!
Deß berühmbten Goldes Strahl
leuchtete nicht halb so mahl!
Ihrer Bietzgens zartes Beben/
öffnete sie mir die Dhür – –
in so sühßer Knechtschaft leben
zog ich jeder Freiheit für!

Der Andre:

Ey/dich hol der Hencker doch/
du verfluchtes Laster-Loch!
Seiner Kloris kleinem Schuh
wirfft er noch itzt Seufftzer zu!

Noch ümmer schlägt er ihr die Zitter –
du ab-gedanckter *Venus*-Ritter!
Sie war so schön/wie schlau.
Sie nahms nicht so genau!
So manchen hat sie manche Nacht
mehr alst eyn-mahl ümbgebracht!
Glaubstu/wenn er abens ging/
daß sie niemands mehr embpfing?
Keyn Bost-Knecht war ihr zu gemein/
sie lihß ihn dorch ihr Fenster eyn!
Mit jädem drihb sie/offt und vihl/
das belibhte Feder-Spihl!

Er sälbst:
Du lügst/du lügst/du lügst/
wormitt du mich bedrügst!
Auß deinem ekklen Gischt
Saul-Sattan selber zischt!
Du willst mich blohß bedrüben
auff meinem lezzten Bett!
Ich laß dichs nicht verüben/
du Schäul! Du Murdt-Skelett!
Ein Ding wie Milch und Bluht!
Mein Gott/war ich ihr gut!
Ich datts ihr schlochtzend kund!
Der Mohnd am Himmel stund!
Ich künts nicht anderst sprechen/
biß mir die Augen brechen –
sie war for meine Sinne
die zehnde *Pieri*nne!

Der Andre:
Jarwohl. Und du? Und du?
Wem lieffstu brünstig zu?

Wem/schon nach wenig Wochen/
warst/Falsch-Hund/du versprochen?
Marmorannens Zokker-Biß
gab dich weiter Lysilis!
Mit Julgen/Justgen und Dalbrette
sungstu vergnügteste Duette!
Ningen/Nivula und Ließgen
erschlossen dir ihr Baradießgen!
Fehlte Malgen mal die Linde/
dahts die gräulichste Gassinde!
Sie plinckte heymlich dir verstohlen/
fy/roch es da nach Nacht-Violen!
Hintrem Dom-Thurm gleich das Hauß –
juchhum/speyts mir für dir auß!

Er sälbst:

Ja/ich verging für Lust
an manches Weibes Brust!
Mehr galt mir alß das bäste Buch
ein quwähr verschobnes Busen-Tuch!
Kein Tulpen-Athlaß war so zahrt/
alß ihr/zwo Schwestren/gleich-gepaart!
Ihr Nuttschgens gantz auß Seide
wart meine Augen-Weide!
Kleyne/schnell versezzte Küsse
schmäkkten mir wie Bompur-Nüsse/
worbey lechtzend meine Hand/
ach/ich weiß nicht wo verschwand!
Sälbst der Lihbsten/die für allen
mir am himmlichsten gefallen –
heymlich schob ich ihr ins Mihder
Hofmanns geule Buhler-Lieder!

Der Andre:

Du Matz/du Gimpeljan/du Gauch!
All Eitelkeit ist Rauch!
Der Lüste Canaan/
waß geht es dich noch an?
Die Brust/so voll/so fest/
die offt sich lihß begreiffen/
ist lengst ein Schlangen-Nest/
drauß grimme Ottren pfeiffen!
Sie kringeln sich in gräulem Krumpff/
du weißt schon/unter jenem Steine;
dort zihrt ihr mehr kein Seidner Strumpff
die gantz vom Fleisch entblöhßten Beine!
So geh doch hin und tuttsche sie!
Benuttsche sie! Beknuttsche sie!
So kräh doch/drutz däm Bober-Schwan/
kräh doch/wie ein Gikkel-Han!

Er sälbst:

Oh Mein/wie du mich blohß bedrängst!
Jaja/ich war ein Huren-Hängst!
Ich sung und sprung und soff mich voll!
Ovidius sälbst drihbs nicht so doll!
Das alte Heidentum
starb hin/fihl um wie Lauch!
Waß ist der Welt ihr Ruhm?
Der Welt ihr Ruhm ist Rauch!
Die für mich blohß mit Blumen worff/
ist itzt mir Außsatz/Grind und Schorff!
Ach/hat man ihn erst außgeschläkkt/
ihr Kelch im Grund nach Galle schmäkkt!
Zurlezzt lihgt man gesträkkt auffs Stroh/
man weiß nicht wan/man weiß nicht wo!

Man muß ins schwartze Schweigen
zu den Verfaulten steigen!

DER ANDRE:
Deines Unflads Koht und Mist
warstu sälber der Flötist!
Wer – *Minerv*ens grühnen Krantz/
wer hihlt ihn blohß for Firlefantz?
Wer drihb blohß Bikkel-Herings-Bossen/
wer war in Drey zugleich verschossen?
Wer riß den Rauffer auß der Scheide/
wer zahlte/statt mit Göldt/mit Kreide?
Wer dranck for drey und fraß for vier/
saß er wo beym Kindel-Bihr?
Durch verruchtes Karten-Mischen
andrer Güter zu erwischen/
wahrstu lihderlich gesinnt/
alß eyn Schalk und Hurer/
alß eyn *Epicur*er/
alß eyn *Sodom*s-Kind!

ER SÄLBST:
Jaja/ich war ein Bösewicht/
mein Herz schlägt wie ein Hammer:
Du lezztes Wohn-Hauß ohne Licht/
du Schwefel-Loch voll Jammer!
Ich fluchte Stein und Bein/
ich lihß so manch Glaß Wein
in Gott-verfluchtem Sauffen
durch meine Gurgel lauffen!
Nicht Einem war ich wie Hannß Quast/
dem Feind hin hihlt ich offt mein Leder/
denn dihse Faust hihlt brall ümbfasst
den Spihß nicht minder/denn die Fehder!

Im Wambs auß schwartzem Duppel-Dafft/
wie war ich in die Welt vergafft!
Itzt seuffz ich/nah schon meinem Zihl –
nicht *Epimetheus* drug so vihl!

Der Andre:

Aller Sünden warstu voll/
keiner rihffstu zu: Pascholl!
Sauffen/Frässen/Frässen/Sauffen/
wie du mir/so ich dir!
Wörffeln und darbey sich rauffen
und sordann in hellen Hauffen
nachts zu denen Mägdgens lauffen/
ja/daß machte dir Pläsihr!
Du schryst so offt alß arg:
»Kein Tebel wird mir holen!
Auff meinen schwartzen Sarg
streutt Rohsen und Violen!«
Itzt weißtu nur das Eine/
das nihmahlß sich vergißt:
Daß Fäulniß dir die Beine
nach deinem Hintritt frißt!

Er sälbst:

Ach ja/ach ja/ach ja/ach ja/
ich drihb zu vihl *Allotria!*
Ich legte frech voll Dalberey
so manches Basilisken-Ey!
Wie hab ich mich ergäzzt?
Was hab ich nicht geschwäzzt?
Itzt achte ich geringe
die Welt und ihre Dinge!
Nach Lust und Schlamm/
gekappt den Kamm/

ist itzt das Lamm
mein Bräutigamm!
Daß laß mich dir verschwehren
bey dihsen nassen Zehren!
Darmitt erfüllt wird jenes Wort:
Je lenger hihr/je spähter dort!

Der Andre:

Das Wesen dihser Welt vergeht
dem/der in Hiobs Harnisch steht!
Er bäbt/er bangt/er zagt/er zittert
für Däm/den er einst sehr erbittert!
Er weiß: erst dan ist er ein Christ/
wan ihm sein Geist gantz Fleisch-lohß ist!
Verstokkter war kein König Saul/
er schlug dich auff dein Laster-Maul!
Er mulschte dich durch Märcks und Bein/
dem Stoltz hihb er den Scheddel eyn!
Gantz voll Schorff/gantz voll Grind/
wie ein Maul-Worff warstu blindt!
Sälbst das letzte Bißgen Krafft
ward dir durch ihn ab-gerafft!
Stößt dich itzt auch fäst sein Pfriem –
sühstu? So geföllstu ihm!

Er sälbst:

Ich zöge gerne noch
eyn Jahr an seinem Joch;
ja sogar zwey und drey/
fallst es ihm einerley!
Sälbst *Plato* hat gelacht/
sälbst *Seneca* war fro:
Kom/lihg die gantze Nacht
mit mir im Haber-Stroh!

Laster zihren blohß die Jugend/
meine späht erkandte Dugend
bleibt mir sicher itzab dreu!
Kein einst fürdäm Wollustihren
kan mir fürder mehr passihren/
dihses sag ich sonder Scheu!
Weiß ichs doch/wer nach der Welt
mir den Himmel vorbehelt!

Der Andre:
Darmitt du jo/jo/jo/
du ohnverschembter Rakker/
du alter Knochen-Knakker/
fein außverschmizzt und wakker/
nicht morgen schon im Akker/
prawo/prawissimo!
Der Fröschgens Wekkrekecks
wekkt dich schon früh ümb Secks/
eyn Schlückgen *Aquavit*/
dartzu eyn Geistlich Lihd!
Und lüstig dänckt sich dan dein Sinn –
noch lang ists bis zum Abend hin!
Du buzzlichter *Filou*/
du nichts alß Dollbatsch du!
Daß dich doch ha/ha/ha/
gleich die *Tarantula!*

Er sälbst:
Wie mördtlich du mich stichst!
Daß brännt so bitterlichst!
Daß bohrt/daß wormt und schwühlt!
Kein Tröpffgen/das mich kühlt!
Der für mich am Creutz gelitten/
leßt vihlleicht sich noch erbitten!

Stähts so hub mich noch nach Oben/
Den die Morgen-Sterne lohben!
Hihr so mußt ich mit den Säuen
an fast nichts wie Träbern käuen!
Dort so drohstet nach dem Leide
mich die lichte Sternen-Heide!
Strihmt gleich schmertz-hafft seyne Rute/
einst so dhut er mir das Gute!
Einst/ich weiß/in meinem Grab
wischt er mir die Thränen ab!

Der Andre:

Du Handvoll Wahn und Mist/
waß weißtu/wer Er ist!
Der wie mit Besemen dich fegt/
sorbald sich dir das Erb-Gifft regt!
Er sizzt mit den Brofeten
vergnügt in seinem Schooß/
nichts hilfft dir all dein Beten/
Vernunfft spricht dich nicht lohß!
In göldnem Zirck ümbschleussen ihm
Zehn mal Zehn Tausend *Seraphim!*
Dardreyn er glüzzt und ewig ragt/
von keinem Zeiten-Zahn benagt!
Dein Leib/du Unflad/Mist und Koht/
dein Fleisch wird nichts alß Würmer-Brodt!
Der ist und bleibt auff ümmerdar/
Der schon fürm Ersten Früh-Roht war!

Er sälbst:

Kann mein Kummer ihn vergnügen/
kann mein Drauern ihn erfreun?
Nein/er wird es schon so fügen/
alles wird sich mir verneun!

Nicht for ewig werd ich schnarchen/
endet gleich mein Lebens-Lauff/
zu den alten Patriarchen
hebt er mich einst lihbend auff!
Der das Schwerdt helt und die Wage/
läßt mich wihderümb zu Tage!
Allbarmhertzig für und für
nimbt er mich nicht gleich beym Schopffe/
Petrus öffnet mir die Dhür/
kaum sorbald ich blohß dran klopffe!
Bald so lehrt mein Marmol-Stein:
Wer ihn gläubt/wird selig seyn!

Der Andre:

Für lautter Forcht und Grauen
wagstu kaum hin-zuschauen
nach Däm/der lüstern/wie verbuhlt/
nach Männren/wie nach Frauen/
gantzt ohne Augen-Brauen/
auß zweenen schwartzen Löchren schuhlt!
Waß lumpnes und waß göldnes Kleidt/
der Dot känt keinen Unterscheid!
Und ob gleich alles für ihm schreyt/
sich knystörtzt/kreuzt und benedeit/
darhin so ist die Gnaden-Zeit/
durch Mauren/Wehr und Wände
räkkt er die hagre Hände!
Du bist verdammbt seit *Adams* Fall/
die Welt ist blohß ein Jammer-Stall/
er ist ihr General Feldmarschall!

Er sälbst:

Waß Welt war werff ich hin!
Nichts nuzzt mehr all ihr Brahlen

im Sarg auß Silber-Zinn/
durchgährt von Schlangen-Ahlen!
Ich weiß/mir ist Wer gut!
Der leßts mich nicht bezahlen!
Bey dem Rubinen-Bluht
auß seynen Nägel-Mahlen!
Der Dot hezzt seine Rüden/
nur ER hemmt ihren Lauff!
Sälbst die beschnittne Jüden/
sie ächtzen gläubig zu ihm auff!
Drümb fall ich willig nihder
für sovihl Majestät!
Weh meiner ekklen Lihder/
die ich einst stultz alß Han gekräht!

Der Andre:

Nein/du büsts nicht wehrt/
daß er dein begehrt!
Der allein durch sich nur lebt!
Der auff Cherubimen schwebt!
Verlacht/verhöhnt/verspeyt
hastu seyn Ehren-Kleidt!
Du griffst zu böse Melodien
zu frech auff deinem Lust-Klarin!
Hindter grühn vermängckten Hekken
drihbst du gahr zu offt Verstekken!
Statt Wasser soffstu Wurzner Bihr!
Du verdamptes Hellen-Thier!
Noch greuler warstu anzuschauen/
alß der/für dem sich alle grauen:
Der einst den Schöpffer aller Dinge
verkaufft for dreyßig Silberlinge!

Er sälbst:
In bekränckten Stunden
hab ich offt empfunden:
meine sämbtlich alle Sünden
kan ich nihmalß nie ergründen!
Hab ich wen gleich sehr bedrühbt/
weiß ich doch/wer Gnade übt!
Ob mich gleich auch rizzen
seyne Dornen-Spizzen!
Jäde Kuh und jäde Zihge/
jäde Henne/jäder Hahn/
folgen ihm auff seyner Bahn/
alle sind ihm unterthan/
ja/er känt die kleinste Flihge!
Nizzt es/daß ich ihm bedrihge?
Ich bün seyn Lamm/er bleibt mein Hirth/
wenn alles stokk-dikk fünster wird!

Der Andre:
Und überhaupt! Wer sagt dir daß?
Wer bürgt dir denn for Gnade?
Gährstu verfault erst untrem Graß/
auff waß/auff waß/auff waß/auff waß
ist in der Welt dan noch Verlaß?
Zu dapffer spihlstu dein Trumpff-Aß!
Du Mäntsch! Du arme Made!
Weißtu/ob wer wartend steht/
wo der blancke Milch-Weg geht?
Weißtu/ob sich wer erbarmt
dessen/waß dich hihr so harmt?
Keiner noch hat ji gespührt/
wenn an ihn die Fäulniß rührt!
Keiner noch ist ji entsprungen
dem Geschmäzz der Ottren-Zungen!

Er sälbst:
Waß? Ich sollte bäben
für dem ewgen Läben?
Nie- und nimmerdar!
Dot/du Leichen-Frässer/
dein wie blanckes Mässer
ward mir zweiffelbar!
Sattan/deiner Rotten
kan ich nur noch spotten/
nichts krümmt mir kein Hahr!
Schon nach dreyen Tagen
lihß er seynen Schragen/
der einst *Jesus* war!
Aufferstehn/ja Aufferstehn!
Kein Knöchlein wird verlohren gehn!
Nach vollbrachtem Pilgrims-Lauff
nimbt mich einst der Himmel auff!

Der Andre:
Erst mit vollem Pantzen
nichts alß Firlefantzen/
dan mit Engeln dantzen/
solches Mummenschantzen/
joh daß basste dir!
Hat dich das Pesth-Gespenst
erst mal Erd-ab gesenst/
lihgstu in Staub verkehrt/
wie's dich schon *Sirach* lehrt/
daß gläube mir!
Vihlleicht/vihlleicht/wer weiß es denn?
Ich meine nur jenuhn und wenn/
vihlleicht! so gihbts auch blohß den Einen:
Der schon die gantze Ewigkeit

Feuer auß drey Rachen speyt –
By Gott! Wer dörffte daß verneinen?

Er sälbst:
Meine Fehler/meine Mengel/
drennen mich itzt noch vom Engel/
jo/ich weiß es jo/ich weiß!
Rauch/Gestanck und Angst und Jammer
füllen mir die lezzte Kammer/
meine Füße sind auß Eyß!
Erst in einer Wihgen
dan in Lailach lihgen!
Doch/sordan/sordan!
Du mit deinen Fünckel-Augen/
die mir Märcks und Seele saugen/
süh mich nicht so an!
Schrökklich machen mich erbangen
die so kalte Todes-Schlangen!
Hülff mir doch auß meiner Noth!
Rette mich/Herr *Tsebaoth*!

Der Andre:
Mach nicht vihl Fehder-Lesen!
Du mußt/du mußt verwesen!
Nach dihser Welt und ihrer Lust!
Du mußt! Du mußt! Du mußt! Du mußt!
Ihr lezzter Plunder-Prunck zerspleisst/
wenn dich der Dot zu Boden schmeisst!
Dan schlukkt dich durch den Hellen-Riß
grausahm dikke Fünsterniß!
Kein Raum scheint mehr ein Raum/
die Zeit läufft sonder Zeit/
der Welt ihr Blühten-Baum
sturb gäntzlich ab-geschneyt!

Der schwartze Höllen-Mohr
legt an seyn Feuer-Rohr!
Ihr Mägdgen und ihr Knaben:
Nicht lohnts gelebt zu haben!

Er sälbst:

Fast wie schon im Schwefel-Puhl/
hihr auß dihsem Thal der Schmertzen/
rund ümb seynen Gnaden-Stuhl
zünd ich meine Seufftzer-Kertzen!
Laß mich gnädig in DEIN Licht!
birg mir nicht DEIN Angesicht!
Schrökklich sind zu schauen
jenes eisne Klauen!
Beug DICH mir vom Creutzes-Stamm/
Jesus/DU mein Wonne-Lamm!
Atropos wezzt schon die Scheere/
ach/ich außgeschlaubte Beere
sih/wie ich mich hihr verzehre/
wie ich DICH/nur DICH verehre/
mich nach DIR/nach DIR nur kehre –
Miserere! Miserere!

Der Andre:

Nur noch wenig kortze Stunden/
dan ist alles überwunden!
Dan so kombt und frißt der Dot
deinen Leib auß Leim und Koht!
Dir ins Hirn hakkt schon seyn Häher/
hohl vom Kürch-Hoff heults: »Uhu!«
Und mit jädem Sand-Rutsch näher
rukkt dein Fuhß der Helle zu!
Fern vom Vatter/fern vom Sohn/
ümbbohßt von blauen Ottren/

glüht dort eyn ertzner Feuer-Thron/
daß dir die Knye schlottren!
Du weißt/du weißt/wer drauff ihm sizzt!
Auß dessen Augen Schwefel blizzt!
Behahrt und gantz mit Pech beschmizzt!
Der Knochen sich zu Pfeiffen schnizzt!

Er sälbst:

Ich bün auß Mist/auß List/auß Bohß/
für IHM ein Drekk/ein Leim/ein Klohß!
Doch schluchtz ich zu IHM Othem-lohß/
ER darff mich nicht verdammen!
Sein Höllen-Feuer brännt zu grohß/
zu schrökklich ist seyn Flammen!
Für IHM ist alles offen-kund/
ER siht mein Hertz biß auff den Grund!
Ein Dropffen nur von SEYNEM Bluht
verlöscht die gantze Höllen-Gluht!
Ich weiß: DER höhrt mein Lallen/
für DEM die Felsen fallen!
DU Demant aller Spheren/
DU Außbundt aller Zihr/
erbarm DICH meiner Zehren/
zerbrich nicht DEIN Pitschihr!

Der Andre:

Ewig saust sein Seiger!
Schneller fleugt kein Reiger!
Schudderichter Keiner ist/
alst der Hautt und Knochen frißt!
Jüden/Christen/wie Zirkassen/
ists dir auch gleich schwehr zu fassen/
alle müssen nach Erblassen
durch die rauhe Dodes-Gassen!

Letzt geht es an ein Heulen/
die Haare stehn Berg-an!
Mit blutig blauen Beulen
dappt dir der Hund sich ran!
Der feurige Murast
embpfängckt dich dan alß Gast!
Die Höllen-Bestien brummen
auff ihren schwartzen Trummen!

Er sälbst:

Flehend fall ich für IHM nihder/
bittlich sih mich hihr im Staub!
Meine wüste Buhler-Lihder
gab ich lengst zum Flammen-Raub!
Schwindelnd biß zu DEINEM Thron
drehn sich dausend Stihgen/
auff der ersten kan ich schon
kaum noch Othem krigen!
Rette mich für dem Bersercker!
Hülff mir auß dem Knochen-Kercker!
Leih mir gnädigst DEIN Gehör!
Sey mein Ober-Gouverneur!
Führ so hihlt ich DEIN Gericht!
for ein Lügen-reich Geticht!
Küssen laß mich DEINEN Schuh!
Wirff mich nicht den Teuffeln zu!

Der Andre:

Hannß Mors/der Wütherich/
fällt an und bindet dich!
Der Tebel/seyn Gevatter/
reisst auff daß Hellen-Gatter!
Du Boden-lohses Loch/
in das du/rittsch/gerahten!

Der schwartze Mohren-Koch
beschnoppt dich schon alst Brahten!
Gantzt ist ihm einerley
dein Zetter-Mord-Geschrey!
Er dreht dich rund ümb dich herumb/
du hängckst an seynem Spihß ein Klump/
die Höllen-Feuer knattren!
Er geusst dich nicht voll Malwasihr/
so brätelt man kein Färckel hihr/
nur Flehder-Läuse noch/die flattren!

Er sälbst:

Hölle/in dein Flammen-Meer
muß ich schlattrend starren!
Drin so prökeln hin und her
Teuffel nichts wie Narren!
Nur die Seele weiß/
waß for Angst und Schweiß
das dem Hertzen macht/
dröhnt es Mitter-Nacht!
Fahl so kombt gekrochen/
waß ich einst verbrochen!
Nichts nüzz sind mir alle Dinge/
wenn ich mit der Fäulniß ringe!
Die gesalzzte Drübsahls-Lauge
sihpert mir aus jädem Auge!
Meine Brust keucht Othem-leer/
LIEBER GOTT/ich kan nicht mehr!

Der Andre:

Hin wie her! Her wie hin!
Endlich stokkt seyn harter Sinn!
Und er fühlt mit Beben
seyn so böses Leben!

Gantz von Thränen lihgt er leer/
lieber Gott/er kan nicht mehr!
Grad izzt/so ist der Heurige/
der Rechte und der Feurige/
er wird ihn nicht mehr sauffen!
Durch seyne Addren/kribbel-krauß/
Welt/o Welt/du Doten-Hauß/
spührt er die Würmer krauffen!
Sälbst die drey-mahl Heilge Schrifft
gihbt ihm mehr kein Gägen-Gifft!
Kalt so lihgt er hin-gesträkkt/
alst ob ihn schon das Schweiß-Tuch däkkt!

DER DRITTE:

Seine Seele ist wie wund/
nichts mehr/waß nicht lengst ihm schwund!
Du dauerst mich/du armes Thier/
alle Freuden sturben dir!
Eyn Zokker und eyn Hültzern Pferd/
eyn Pfennig-Pfeiffgen war dir wehrt/
du gingst auff kleinen Fühßen –
izzt sollstu nichts mehr bühßen!
Waß dich peinigt/waß dich kwählt/
waß dir auch dein Hertz durchpfählt –
ICH BÜN DER WELT REGENT!
ICH HALT DAS REGIMENT!
Ob ich dir Rubihnen streue/
ob ich wihder dich verneue/
sälbst ob Gericht/ob Strafe –
schlafe ... schlafe ... schlafe ...!

ER ERWACHT
in den spähten Herbst-Morgen.

Ode Jambica.

Der trühbe Morgen dunckelt/
der Dag bricht kaum schon für/
mein Lämpgen sprüht und funckelt
ich fühls/noch horcht wer vor der Dhür.
Noch ist er nicht verwichen/
ich schlieff/er hat gewacht/
mit Augen lengst verblichen
stund er die gantze Nacht.
Sein Seiger saust/die Stunden rinnen/
sey wer du seyst/du mußt von hinnen!

Ich soff und hab gefrässen/
gehurt mit nichts alß Pakk/
mit Truddeln und mit Trässen
behing ich dihsen Maden-Sakk.
Wein/Weibrichins und Karten/
nichts war mir ji zu bundt/
mein Hieber hieb sich Scharten
in manchen Lumpen-Hund.
Noch Keinen hat man so bedroffen/
allein – wie ist daß abgeloffen?

Schlohweiß sind meine Brauen/
mein vor so froher Mund
ward for mir selbst zum Grauen
ein zubedäkkter Abgrunds-Schlund.
Mein Rükken hängkt gebogen/
ich krige kaum mehr Lufft/
mein Mercks fäult außgesogen/

mein Fleisch räucht nach der Grufft.
Ich känne würcklich nicht mehr wihder
mein fürmahls stoltzes Pfau-Gefihder!

*Morbonen*s gifftge Schlangen
ümbringeln mir mein Stroh/
kaum ist es so ergangen
sälbst jenem armen *Lazaro*.
Fast ward ich schon zum Kinde/
fast such ich nur noch Den/
für Dem die Würbel-Winde
sanfft wie die Zefirs gehn.
Sein Eyffer-Grimm auff mich/Sein Wühten
lässt sich durch nichts von mir begühten!

Für meine Dhrenodieen
verstopfft Er sich sein Ohr/
ümbsonst auff beyden Knyen
ruttsch ich Ihm biß fürs Pärlen-Dhor!
So sehr ich mich auch sträube/
ich Leim/ich Mist/ich Koht/
Er gläubt nicht, daß ich gläube/
und lässt mich meiner Noht!
Kein sündig Hertz daugt nicht zum Tempel/
dihß lehrt mein drauriges Exempel!

ER RINGT MIT IHME/
wie mit Ihme fürmahls jener alte Ertzt-Vatter Jakob rang.

Ode Jambo-Trochaica.

Nein/nein/ich lasse Dich nicht lohß!
Ich gläube ja/ich gläube!
Errette mich in Deine Schooß/
darmitt ich nicht verstäube!
Auß des Satans ekkler Schule
sih mich hihr für Deinem Stule/
ohnerhöhrt ist meine Noht/
hülff es/schläng ich Gassen-Koht!

Fast ward ich schon wie blind und taub/
laß/laß Dich drümb versühnen
und gönn mir Deinen Sternen-Staub/
drauß keine Gräber grünen!
Motten/Modder/Wuhst und Schimmel
dausch mir gnädig for den Himmel/
daß mich nicht nach kortzer Frist
nichts alß blohß die Fäulung frißt!

Vor warst Du mir ein Spihl/ein Spott/
Dein Wort stund mir auff Schrauben/
kein *Plato* soll mir itzt Dich/Gott/
kein *Socrates* mir rauben!
Ohn auch nur auff Dich zu höhren/
lihß ich mich durchs Fleisch bethören/
lüderlich war ich gesinnt/
durch und durch ein *Sodom*s-Kind!

Verruchter war ich wie kein Thier/
for Lieder pfiff ich Zoten
in meiner brännenden Begihr/
dreyn alle Lüste lohten!
Dem *Cato*nischen Gelichter/
hieb ich qwer durch die Gesichter/
jeglicher Enthaltungs-stand
war mir gäntzlich unbekand!

Itzt bün ich blohß noch Haut und Bein/
mein Hertz kan kaum mehr schlagen/
mein schwartzer allerletzter Schreyn
steht schon auff seinem Schragen.
Nacht for Nacht auß meinem Kissen
schrekkt mich zittrend mein Gewissen/
Grauen wirfft mich/Angst und Schweiß/
gihb mich nicht den Würmern preiß!

Seit zwey mahl dausend Jahren schon
lobsingen Dir Diorben;
sey nicht ümbsonst durch Deinen Sohn
am Creutz for mir gestorben!
Mach/daß ich nach dihser Erde
gantz mit Dir vereinigt werde/
däkkt mich gleich der Leichen-Stein/
laß es nicht for ewig seyn!

Auß Gold und Pärlen blizzt die Stadt/
gepflastert mit Tublonen/
kaum sehn sich an ihr sälbsten satt
die englischen Sqwadronen!
Jedem/der durch Deine Gnade
JESUM fand im Wasser-Bade/

wird dort einstmahls seine Haut
wihderümb neu anverdraut!

Wie freudig werd ich im Verein/
sorbald ich dort gelendet/
mit *Dach* und *Opitz* Gloria schreyn/
weil alles sich gewendet!
Nichts bleibt unterm Leichlach ligen/
alles werd ich wihder krigen:
Ohr und Nase/Mund und Kinn/
jedes kleinste Knöchelchin!

Das steht gantz durchauß und gewiß
durch Deine Schrifft verheissen/
Du wirst ümb einen Apffel-Biß
mich nicht ins Feuer schmeissen!
Dodt/du Teuffel/deinem Drachen
spey ich mitten in den Rachen:
bald bün ich dahin gelangt/
wo mein Haupt mit Krohnen prangt!

Dan jauchtz ich wihder frisch und roht/
o Freuden-volle Pfründe!
Waß wäre dihser Leib auß Koht/
wenn ich nicht aufferstünde?
Erst zwar drifft mich noch Verwesung/
Doch sordann folgt die Genesung/
denn ich weiß es itzt alß Christ/
daß der Dodt mein Leben ist!

ER VERTRÄUT IHM!

Ode Trochaica.

Seit ich IHM verträue/
lebe ich auffs Neue/
ob mein Leib gleich bricht.
Wann mein Hertz auch zittert/
daß es fast zersplittert –
Dodt/du schrekkst mich nicht!

Wirff nach mir die Hippe/
altes Mord-Gerippe:
inner kortzer Zeit
wekkt auß deinem Grauen
zu saffirnen Auen
mich die Ewigkeit!

Hihr so muß ich sizzen
nur auff Dornen-Spizzen/
Schorff däkkt mich und Grind;
Angst/Geseufftz und Jammer
füllt schon meine Kammer/
wenn das Früh-Roht spinnt!

Dort in mein Erwachen
Sarons Rohsen lachen/
herrlich reucht ihr Wehn!
Wie ümb Mandel-Ruhten
die Rubine bluhten/
sich die Sterne drehn!

Engel in mein Singen
nichts alß Palmen schwingen/

HERR/dan bün ich Dein!
Erst wenn meine Knochen
gantz und gar zerbrochen/
werd ich Sieger seyn!

ER VERLUSTIHRT SICH
zur Sions-Zitter.

Qwodlibet.

Wars Melindgen?
Klarimindgen?
Olorindgen? Solime?
Marzimillgen?
Philurillgen?
Lisilillgen? Dorile?

Nichts mehr weiß ich/
doch wie fleißig
trukkten wir uns Mund auff Mund;
worzu sachte
sie dan lachte/
waß ihr gahr zu reitzend stund!

Wie wir sangen/
wie wir sprangen/
während es/bald hoch/bald tieff/
auß der Wäldren grüner Runde/
fern im neu-beblühmten Grunde/
Gukguk/Gukguk/Gukguk rieff!

Grazien küßten ihr und Musen
den noch kaum entknospten Busen/
welcher manchmal/eußerst flinck/
poppernd auff und nihder ging!

Ihr goldgekräußtes Hahr/
durchzihrt von Schildkrot-Spangen/
ihr nettes Ohren-Paar/

mit Ringelgen behangen/
ihr seidner Bäkkgen-Sammt/
von Rohsen überflammt/
ihr Kinn auß Spihgel-Seide
war meine Augen-Weide!

Schon begunte es zu dämmern/
Wald und Wihse waren Ohr/
da blihß Damon seynen Lämmern
dihses kleyne Liedgen vor:
»Dorilille nur allein/
Dorilille soll es seyn!«

Sanfft gelehnt an eine Hekke/
horchten wir Hertz-heymlich zu/
und noch auff dem sälben Flekke
lispelte sie zährtlich: »Du!«

Unter einer hohen Fichte/
daß ich auch noch das berichte/
war es/daß das sühße Ding/
fast wie schlochtzend/mich ümbfing!

Ihre Augen wurden klein/
Mükken spihlten quwerfeld-eyn/
Wölkgen-gleich hub sich ihr Dantz
in den rohten Abend-Glantz!

Durch Wacholterb/Klee und Stendel/
Krauseminze und Lawendel/
Dörffgen-wärts/das gantze Stükk/
drollten wir uns dan zurükk!

Ich war so wohl bey ihr gelitten/
ihr Händgen war so weich wie warm/
Venus ging in ihren Schritten/
*Helen*ens schien ihr Schwanen-Arm!

Offt/wen sie sich ahrtlich bükkte
und mir embsig Blühmgens pflükkte/
wihß sie mir von allen Seiten
hundert dausend Drefflichkeiten!

*Led*ens Liljen-schlancke Lenden
kunten sich nicht halb so wenden/
alles war/wies sich gebührt/
und ... verstäht sich ... ohngeschnürt!

Noch vor ihrer Dhüre
wäckselten wir Schwüre/
und wir blikkten/lang und gerne/
in Frau *Lun*ens Nacht-Laterne!

Mit nur angenähmem Streicheln
wußt ich mich ihr eynzuschmeicheln/
büß ich endlich glükklich fand
das mit Rächt belohbte Land!

Sie hauchte mir ins Ohr:
»Verwegner Selimor!
Laß! Laß! Oh laß! Halt ein!
Es darff/es darff nicht seyn!«
Sie barmte/bat und schrie:
»Mein Gott! Ach/je! Oh/ji!«
Schließlich hindter ihrem Hauß/
zahlt ich ihr den Decem auß!

Cupido/wie sich dihß begäben/
lag derweyl im Graß darnäben/
und er zog sich faul
Hälmgens dorch seyn Maul!

»Sühstu/Schnokkgen? So und so
macht man seine Lihbste fro;
itzt hält dein kleynes Nest
nicht mehr sein Zeisgen fest!«

Ambriert war jädes Wort!
O höchst erwüntschter Port!
O vollenkommne Lust!
Eins an deß andren Brust!

Ihr noch holdverschrokknes Sträuben/
alst wir lengst schon fast ein Paar/
nein/ich kan es kaum mir gläuben/
daß es nicht erst gestern war! – –

Verdamptes *Evan*s-Schwein/
waß fihl dir dermalst eyn?
Dächtst du noch itzt dardran/
du spyhst dich sälbsten an!

Ein Scheul/ein Greul/ein Abschaums-Mäntsch
und hindterdreyn dan ... wetterwändsch!
So war dein Lebens-Lauff/
mit Fühßen drätte drauff!

Sonder die geringste Scheu
warffstu Susgen in die Spreu/
doch kam Grittgen dan gegangen/
dorffte sie daß auch verlangen!

Die dikke Drusille/
die kleine Katrille/
die schlancke Rosanne/
die blancke Moranne/
die schwartze Nigrette/
die flincke Finette/
die keusche Koralle/
du lihbtest sie alle!

Wart/er wird dir schon verkünden
deine außgeübte Sünden/
der auff seynem Thron von Mist
seynen eignen Unflad frißt! ...

Io doch! Ich weiß es lengst!
Ich war ein Huren-Hengst!
Voll Wollust/Hoffarth/Frässerey!
Ein rächtes Basilisken-Ey!
Gurgeldurch biß in den Bauch
goß ich mir so manchten Schlauch!
Der Cherubim ihr planckes Schwerdt
hihlt ich noch nicht drey Heller wehrt!
Weh/wie sie mir bitter schmekkten
meine sämbtlichen Affekkten!
Däm Guhten stund ich nihmalst Stich!
Es würgelt mich! Es würgelt mich!

Ich war ein grohber Pauer/
der sich nur ungern schmihgt;
und ward es mir auch sauer/
itzt hab ich obgesihgt!

Amor sträkkt mich nicht mehr lang
kranck auff seyne Folter-Banck;

ekklich schallt mir das Geschrey
sälbst der drey gedritten Drey!
Die einst vohr beperlte Pforte
glüzzt mir itzt an andrem Orte/
nichts mehr acht ich for Genüsse
die einst verbuhlte Wechsel-Küsse!

Fro von Babels frechen Türmen
siht man mich gen Sion stürmen/
Salems Zinnen/ohngesehn/
überbländen mir Athen!

Der fürdem ein Saulus/
stund empohr alst Paulus!
Heva/nakktes Hellen-Thier/
der alte Adam sturb in mir!

Der verfluchten/greulen Schlange
kam ich lengst auff ihren Schlich!
Sälbst *Diogenes* war lange
so vergnügt nicht/alst wie ich!

Huhrt/bubt/saufft/fräßt euch voll!
Er drägts ins Brotokoll/
der einst Sattan von sich jug
und der Sterne Silber schlug!

Ich bün das Werck-Stükk seyner Hände/
er formte mich auß Töpffer-Thon/
wan ich dereinstmahlß bey ihm lände/
ich weiß/er schänckt mir meinen Lohn!

Abrams Schoß ist mir ein Ekkel/
seinen zih ich durchauß für;

ja/ich nähme sälbst/Botz Jekkel/
schon fürlieb vor seiner Dhür!

Man schinde mir die Haut vom Fleische/
nur Er allein ists/den ich heische;
Er stößt mich nicht von seiner Schwelle/
Er ist mein lihber Spihl-Geselle!

Seine Tempel/
zum Exempel/
sind auß Jaspis und Topas/
ädler gläntzen nicht Karfunkel/
Diamanten sind zu dunkel/
Chrysolith und Chrysopras!

Meine Sünden / Centner-schwehr/
wihgen ihm noch nicht kein Qwintgen!
All mein vohr einst frecher Schmeer
schmoltz mir/sonder Wihder-Kehr/
durch sein sühßes Jesus-Kindgen!

Lamm/das for mir gestorben,
waß wär ich ohne Dir?
Lengst fäulte ich verdorben/
weyl du mich gantzt erworben/
mit Paucken und Diorben
zih ich für dein Qwartir!

In weisser Seide stehn/
auff Himmels-Rohsen gehn/
wo keines Bären Tazzen
ein säugend Lamm zerkrazzen!

Ein Zikklein sonder Scheu
beschnoppt den grimmen Leu/
die Hindin sich zum Spür-Hund schmihgt/
ein Kälbgen sanfft beim Pardel lihgt!

Der droben hoch im Blauen
lenckt mich und mein Vertrauen/
auf IHM so kan ich bauen/
nach auß-gemachtem Grauen
wekkt mich sein Morgen-Wind;
dan werd ich jublend schauen
die grün saffihrten Auen/
wo meine lihben Frauen
sampt ihren Kindren sind!

Bald wihgt mich seine Ruhe/
dan werff ich von mir weit
die außgedrettnen Schuhe
der moderigten Lebens-Zeit!

Dan seh ich fro/nach langem Leid/
nichts kan mich mehr beschmizzen/
die heilige Dreyfaltigkeit
auf Einem Stuhle sizzen!

Versühnt durch seinen Sohn/
hebt Er mich auff den Thron/
ümb den die Serafs-Immen
die Instrumenten stimmen!

Zur Rechten wie zur Lincken
mit Zimbeln und Schallmeyn/
mit Orgeln und mit Zincken
lasst uns Ihm psalmodeyn!

Wo die Cherubs wollustihren/
kan mir nichts mehr arrivieren!
Sühß tönt ihre Melodey
mitten in mein Angst-Geschrey!

Dan wie narrisch werd ich lachen
meiner Nächte kummrig Wachen!
Dihse Lippen werden singen/
dihse Hände Palmen schwingen!

Lunge/Leber/Arm und Bein/
nichts nicht wird verlohren seyn!
Drümb/ob auch alles von mir schied/
ich will kein nasses Trauer Lihd!

O Welt/du *Sodoma/*
dein lach ich/hahaha!
Waß soll ihr Belfer und Gebell
vor Dir/Du mein Immanuel!

Durch mein Straucheln/durch mein Fallen
höhr mich ümmer wihder lallen:
Geuß mir Öl in meine Wunden/
ohne DICH ist kein Gesunden!

Du erhebst mein Haupt/
weil ich Dich geglaubt!
Nichts nicht bün ich ohne Dich –
da/hihr hastu mich!

ER STELLT SICH
den lezzten Gerichts- und Doten-Dag für.

Ode Jambo-Trochaica.

So schön war noch kein Tag:
Marieen-Würmgens fligen/
itzt kan wer will und mag
in nichts wie Bluhmen ligen.
Der Himmel gläntzt gantz blau/
vom Wald her blühn die Linden/
Flora/die süsse Frau/
lässt sich fast näkkligt finden.
Kaum ümbflohrt von zahrten Bändern/
siht man sie am Bach-Rand schländern/
wo sie sich des offtern bükkt
und Vergißmeinnichtgens pflükkt.

Die Zeit lacht alles an.
Die glatten Fischgens jappen/
Cupido/der Tirann/
kan kaum noch Othem schnappen.
Sein Köcher hängkt verruttscht/
die Brunnen Silber sprizzen/
ein Zikklein zulpt und zuttscht
an seiner Mutter Zizzen.
Zwischen weiß-bewollten Schaffen
sind gar Zweene eingeschlaffen/
unter einem Mandel-Baum
äfft sie ein verfalschter Traum. –

Wächst dort ein Wölckgen groß?
Glüzzt nicht sein Rand metallen?
Ein Rukk/ein Dampff/ein Stoß/
die Erde birst mit Knallen!

Rauch/Qwalm und Schwefel-Stanck
füllt plotz die schwartzen Lüffte/
der Hellen-Riegel sprangk/
uhroffen stehn die Grüffte!
  In ihr grässliches Erstaunen
  blahsen schüttrend die Posaunen:
  Holla auff zum Haltz-Gericht/
  wo der HERR sein Urthel spricht!

Für Grauen störtz ich hin:
Mulm/Modder/Wuhst und Särge!
Ich weiß nicht/wo ich bin/
das Hahr steht mir zu Berge!
Der Mohnd schwimmt wie auß Bluht/
die Welt-Gewässer brausen/
ob der erzörnten Fluht
siht man Komehten sausen!
  Aller Enden/aller Ekken/
  Rüppen/Beiner/Scheddel blekken/
  auffgeschrekkt von seinem Schmauß/
  ringelt sich ein Ottern-Grauß!

Der sucht nach seinem Schopff/
dem fehlt noch blohß der Daumen/
ein abgefleischter Kopff
käut Vipern mit den Gaumen.
Die dausend Jahre dodt/
die gestern erst verblichen/
sind wihder fast wie roht/
nichts prangt schon ausgestrichen.
  Dihser gläntzt gantz jung an Jahren/
  wie er einst dahin-gefahren/
  jener stinckt durch sein Gesäß/
  wie ein alter Zihgen-Käß!

Die dorr im Wüsten-Brand
verhaucht ihr lezztes Lallen/
die hoch vom Felsen-Rand
sich tieff zu Thal verfallen/
die einst die See verschlukkt/
die *Hecla*s Schlund gefrässen/
die gantz und gar zerstukkt/
nicht einer ward vergässen!
  Ümb ihr aufferwekktes Ringen
  Heytex sich und Ratten schlingen/
  jädes stöhnt auß seyner Noht:
  Dhu mir nichts/Herr *Tsebaoth*!

Ihr dort im Marter-Pfuhl/
die Schrifft hat nicht gelogen!
Auß Demant steht Sein Stuhl
auff einem Regen-Bogen!
Ümb Ihn/wie Sand am Meer/
die Frommen froh gemuhtet/
noch stäkkt in Ihm der Speer/
die Dornen-Krohne bluhtet!
  ER/ümb den sich die Planeten
  wie die Würbel-Winde drehten/
  Owal-voll zukkt Sein süsser Mund –
  Judas/du verfluchter Hund!

Die lezzte Trompte trompt/
die Lufft durchstösst ihr Rufen:
»Kombt alle/kombt/kombt/kombt/
ruttscht-an die steile Stufen!
Nichts nizzt mehr kein Gekreisch/
nichts hilfft kein Handzerwringen/
da sämbtlich alles Fleisch
muß auß den Gräbern springen!

Keines Schultren/keines Haxen
fäulen mehr mit Graß bewachsen/
drümb so dröhnt mein Tuba-Thon/
euer Richter wartet schon!

So schwärmbt kein Bihnen-Schwarm
und wan sich hundret mischten/
wie itzt auff den *Alarm*
die fremden Völcker gischten.
Hihr gährt waß *Indjen* spieh/
dort wimmeln *Malabar*en/
die dort sah *Potosi*/
wer kännt/wer zählt die Schaaren?
Die in Griechenland verblassten/
die in *Rom* und *Susa* prassten/
alles drängt sich rund rümb lang
ümb die große Rechen-Banck!

O Forcht/du nichts wie Forcht/
du rächendes Gewissen/
wer nie nach dir gehorcht/
itzt ächtzt er hin-geschmissen!
Er weiß: der Alles wigt/
wigt auch das kleinste Qwintgen!
Von seiner Wage fligt
kein Splittergen/kein Splintgen!
Rächts-her wehn Violdigammen/
lincks-her bläueln schon die Flammen/
alles schlattert/jedes fühlt/
wie in ihm der Angst-Wurm wühlt!

He/faule Fillis/auff!
Entzeuch dich deinem Bette!
Dort/stell dich in den Hauff/
zu Doris und Babette!

Däkk deine Brüste blohß!
Zeig deine Kugel-Waden!
In die Zinober-Schooß/
versuchs doch ihn zu laden!
  Durch kein listiges Versprechen
  wirstu Luder ihn bestechen!
  Dihsem klingt nicht mehr *amön*
  dein verbuhltes Lust-Gestöhn!

Stax/du versoffnes Loch/
dein Seiger hat geschlagen!
Stopffstu im Wein-Hauß noch
in deinen Schwartenmagen?
Narrant und *Selimor*/
Cornutus und *Musander*/
das gantze freche *Corps*
kläbt fäst noch bey-einander!
  Sylvius sucht durch lautes Fluchen
  ihr Gebrüll zu überjuchen/
  biß ihn jach der Teuffel pakkt/
  rittsch und ihm das Rükk-Grad knakkt!

Auff Knyen lihg ich do.
Ich Wurm/ich arme Made!
Mir ist so durchauß froh/
schon rührt mich nichts alß Gnade!
Wordrauff ich fäst verträut
die gantze bittre Jahre:
mein Geist hat sich verneut/
mein Leib drukkt keine Bahre!
  Eines Stimme hör ich sprechen/
  daß mir fast die Sinne brechen:
  Komm und sizz auff dihsen Thron/
  DAFNIS/mein verlohrner Sohn!

O allzu großer Gott!
Nun ist mein Herz genesen!
Nun spühr ich sonder Spott
Dein aller-tieffstes Wesen!
Waß vor mich so beschwehrt/
Dein Grimm/Dein Gifft/Dein Wühten/
im Huy hat sichs verkehrt
in lautter Rohsen-Blühten!
For mein Kämpffen/for mein Ringen/
darff ich Dir itzt Palmen schwingen/
der ich bey den Säuen saß
und fast nichts wie Träber fraß!

Dein Groll auff mich zerschwand.
O Wunder aller Wunder!
Der Welt ihr eytler Tand
fiel von mir wie auß Zunder!
Mein Leib lacht leuchtend weiß/
die süssen Serafinen/
die Heiligen im Kreiß
bemühn sich/mir zu dienen.
Eins mit *Sokrates* und *Plato/*
lausch ich/wie der saure *Cato*
qwer durch alle Ewigkeit
Gloria/Gloria/Gloria schreyt!

ER VERFÄLLT WIHDER
in seine alte Draurigkeit.

Quodlibet.

Verschlossen schweigt die Dhür/
die fünstre Nacht bricht führ;
ein blasser Mohnd giesst seinen Schein/
ich bün so gantz mit mir allein!

Auff die leere Kammer-Wände
starr ich stumm/starr ich stier.
Weiß ich/wo ich morgen lände?
Welt/du stobst in Aschen-Brände!
Alles war erborgte Zihr.
Seine abgefleischten Hände
sträkkt der Dodt nach mir!

Einst/wie war ich rinck und ranck/
jäde Adder in mir sprangk/
nichts nicht/waß mir nicht gelang/
keine/die sich mir entzwang/
wenn mein Sang
sprüh-blinck klang/
wie mein Hieber/den ich schwangk/
alles daß verhallte/
seyt ich auff der Ofen-Banck
langsam hinveralte!
Seyt ich hihr im Felsen-Rizze
wie ein müder Dauber sizze! – –

»Wie geht es Euch/Herr Bruder?
Er ist wie ich ein Luder!
Mort de ma vie!
Once et demi!

Waß macht sein Engels-Kind?
Ist es Ihm wohl-gesinnt?
Botz Bluhmen-Hertz/wan nicht/
Er huhst ihr ins Gesicht!

Sätzt sich eine mir zur Wehr/
Mäntscher giebts wie Sand am Meer!
Die sich mir nicht gleich bequwembt/
solche fünd ich außverschehmbt!

Gern zwar greiff ich meiner Kloris
wos ihr wohl thut/wan sies jükkt/
aber auch die dikke Doris
hab ich offt ans Hertz gedrükkt!

Mirtillgen kan so schön betrügen/
sie ist so rund/sie ist so fro/
zu munter ist sie beym Vergnügen
auff dem bekanten Haber-Stroh!

Heute ists Crispingen/
morgen schon Milchingen!
Dunn die kleyne Ilsebill/
goldbestikkt das Samt-Mantill!

Dorgen/Lorgen/Malgen/
Sylvien und Rosalgen/
Lottgen/Lihßgen/Julgen
knyp ich in ihr Kulgen!

Sälbst Perindgen für mir fleucht/
es ist kaum zu glauben/
wann der grimme Habicht zeucht/
tukken sich die Tauben!«

Aller sühßen Brüste
sang ich wie *Catull*/
so vihl Küsse küßte
nicht einmal *Tibull*!

Ach/ich außgedorrter Han!
Größer mir in meinem Wahn
war ich alß der große Chan!
Wilder alß kein wildes Thier/
mein eignes Hertz erschrikkt für mir!
Und ümmer wihder föllts mir eyn:
Wie kunt ich einst blohß frölich seyn!

Der Bilder bundter Schwarm zerrinnt/
ich werde wihder wie ein Kind/
ich spihle Pferdgen/schlage Ball/
mich freut der hüpffende Krystall/
ich dreibe schlingernd Reiffen!
Eene/meene/mincke/muh!
Daß bün ich/und daß büst du!
Haschen! Juhchen! Greiffen!

Ich kandte keine Threne/
reich war ich ohne Geldt;
du falsche Welt-Sirene/
wie hastu mich geprellt!

Lihb war sie mir und hold!
Nichts bün ich ihr mehr wert/
seyt meiner Hahre Gold
in Silber sich verkehrt!

Der Jugend Glantz zerbricht/
er schwindet/wie ein Hauch/

so flinck verlischt kein Licht/
so schnell verflihgt kein Rauch!

Homer/dein Götter-Mund
tat Solches auch schon kund:
Waß ist der Mäntsch, Ein Staub/
ein zittrend Aßpen-Laub!

Ein Glaß/ein Graß/ein Hauch/ein Traum/
ein Schatten-Schemen und ein Schaum!
Bald/bald bün ich hinüber!
Ich weiß mir leider zu gewiß:
Daß kam von jänem Apffel-Biß/
mein Kelch geht nicht fürüber!

Unter Seuffzen/unter Sorgen/
ja/ach ja/ich lebe noch/
doch vihlleicht schon heut/statt morgen/
schnappt nach mir das Schwefel-Loch!

Das bohrt/das bocht/das brennt/
bald ist es nun zu End!
Bald scharrt man mich hinein/
würd es for ewig sein?

Einst auß seynem Glorien-Scheine
wekkt wer mich in einem Nu/
meine aufferstandnen Beine
stolpren ihm dan jauchtzend zu!

Die himmlische Kohorten
stultz schwäncken ihr Panier!
Auß Pärlen sind die Pforten/
die Auen auß Saffihr!

Der Engels Flügel blizzen/
nie niehmals wird es Nacht!
Die Brunnen Silber sprizzen!
Aurora ümmer lacht!

Dan so werd ich für ihm treten/
dem die würbelnden Planeten
glüzzernd sich alß Stirn-Band drehn!
Der mit Plizz und Donner grollte/
weyl ich wie ein Kind ihm schmollte/
lihß er mir die Ruhte sehn!

Ich lag der Welt in ihrer Lauge/
er weiß/waß ich als Delpel dauge/
er nimbt mein Hertz in seine Hand
und kehrt es gäntzlich ümbeinand!

Dem schwartzen Sattan zum Verdruß
erquikkt er mich mit seynem Kuß/
der einst den gantzen Sternen-Pracht
auß weiter nichts denn nichts gemacht!

Und doch und doch! Was man auch spricht!
Der eine gläubts/der andre nicht!
Nichts/nichts nicht kan man wissen!
Auff ihrem Scheddel drägt kein Hahr/
die meinen Vatter einst gebahr/
mein Hertz ist gantz zurissen!

Vernunft/du alte Schlange/
dein Rachen graust zu grohß!
Vor dir nur ist mir bange/
so laß mich endlich lohß!

Ümbsonst ist all mein Flöthen/
bald wird der Dot mich döten!
Bald karrt man mich hinauß
zu Vatter *Plutos* Hauß!

*Gomorrh*ens Missedhaten
sind übel mir gerathen;
man weiß jo/wies einst ritsch geschah
dem so frechen *Sodoma*!

Er leßt sich nichts entschlippen/
er wird mich kippen/wippen;
hindter abgefleischter Stirn
gährt alß Schlangen-Nest mein Hirn!

Mich mir sälber abzufodern/
leßt er mich durchauß vermodern/
jäner Printz der schwartzen Nacht/
dem der Skythe Gäste schlacht!

Auff Knyen/krumb/bald blind/fast taub/
so lihg ich schluchtzend hihr im Staub/
die Pulse zittren mir und klopffen/
weh/wie auß mir die Trähnen tropffen!

Nichts-nütz dünckt ihm mein Geplerr!
dem Großen Seraphinen-Herr!
Verdunckelt ist seyn Gnaden-Licht/
er höhrt mich nicht/er höhrt mich nicht!

ER GEDÄNCKT SEINER LIEBEN
und daß sie ihm alle gestorben sind.

Ode Jambica.

Vergänglichkeit! In deinen irren Garten
verlihrt sich ümmer tieffer mir mein Fuhß/
lengst starb des lezzten Fehder-Singers Gruhß/
der Eppich traumt auß duncklen Mauer-Scharten.
Das sonst so zahrte Graß
hängkt schwehr und Tropffen-naß/
grün-fahle Creutze mohdern weit und breit –
Vergänglichkeit!

Vergänglichkeit! Wölbt sich im Lentz die Linde
noch ümmer über meines Vatters Tach?
Durch Schaum-Kraut klukkerte der kleine Bach/
ich schnizzte Schiffgens mir auß Knüppel-Rinde.
Do schry mir rächt ins Hertz
der Gukguk seine Tertz.
Ich horchte zu; das war die Göldne Zeit –
Vergänglichkeit!

Vergänglichkeit! Wo blieb die süsse Stunde/
do ich mit Fillis unter Bluhmen saß?
do ich zuerst der ersten Lust genaß?
Ich hingk verzukkt an ihrem rohten Munde!
Ihr Hahr/gantz auff-gerollt/
war wie auß Serafs-Gold/
weiß wie auß Lämmer-Wölckgen war ihr Kleid –
Vergänglichkeit!

Vergänglichkeit! Wie kreisste froh der Becher
in drauter Brüder Wein-ümblaubtem Rund?

Do schien das Leben mir noch Eins so bundt/
Printz *Bachus* hieß der ädle Sorgen-Brecher!
Hier Schellendaus! *Ma vie!*
Kriescht alle Gikkrikri!
Wer weiß/schon morgen ligen wir gemeyt –
Vergänglichkeit!

Vergänglichkeit! Ich sehe noch das Stübgen/
die Lampe brännt/ans Fenster stürmt der Nord/
du spihlst mir für auff unsrem *Clavichord/*
im Traum noch lallt und lächelt unser Bübgen.
Itzt lehnstu dich zurükk/
so sah mich an das Glükk/
Im Ofen knallte lustig Scheit ümb Scheit –
Vergänglichkeit!

Vergänglichkeit! Ein Grauen sonder Gleichen
durchgrieselt mich; so war ich nie allein.
Die Welt ist nichts alß Schatten-Werck und Schein/
der Grund/drauff däm ich dantzte/gährt von Leichen!
Sie ligen hin-gesträkkt/
kaum/daß der Sand sie däkkt/
ihr Abseyn sälber predigt stumm mein Leid –
Vergänglichkeit!

Vergänglichkeit! Du scheussliches Gerippe/
für dem noch jeder schaudrend sich entsezzt/
du hast mir alle Mitleids-lohß gemezzt/
von ihrem Mord-Bluht dräuffelt deine Hippe.
Nun schafft mir nur noch Grauß/
mein Leib/dihß Erden-Hauß.
Häu zu! Zermattsch auch mich/ich bün bereit –
Vergänglichkeit!

ER BEREUT NICHTS;
er wüntscht nur/daß ihn noch Ein-mahl
der Frühling freut.

Ode Jambica.

O göldner Vorjahrs-Schein/
brächst doch bald herein!
Noch Ein-mahl möcht ich sehn
die Kindgens Kräntze drehn!
Itzt pfeifft der Wind auß Pohlen/
dan dantzt man auff Violen/
dan hängkt ob grüner Au
die Lufft Hertz-Himmelblau;
ümb bundte Kiesel schwäzzt der Bach/
der Gukguk rufft das Echo wach!

Frau *Venus*/fast entblöhst/
dan in ihr Hifft-Horn stöhßt/
ihr Kleid auß Doppel-Dafft
weht zihrlich auff-gerafft!
Sie hat mich gantz besessen!
ich kan es nicht vergessen/
alß ich im braunen Hahr
noch jung und frölig war!
Da machten uns vergnügten Sinns
die gelben Himmels-Schlüsselgins!

Wir saßen Hand in Hand/
manierlich und galant/
kein Lüfftgen blihß durchs Moos/
wir lihßen uns nicht lohß/
wenn das besüsste Lallen
der kleinen Nachtigallen

mich offt mit sanfftem Drang
ihr für die Knye zwang.
Mein Hertzgespan/mein Augendrohst!
Wie hat sie mich dan lihb-gekohst!

Sie hat mir manche Nacht
den Rihgel auff-gemacht;
waß heymlig dan geschehn –
kein Mäntsch hats zugesehn!
Ich lag ihr fäst am Hertzen/
ich pflag mit ihr zu schertzen/
ich lihß ihr keine Ruh/
du lihbstes Seelchen du!
Sie war mein *A*/sie war mein *O*/
künt ichs – ich dhät es noch-mahl so!

ER SIHT NACH
hartem Winter von seiner lezzten Streu
auß der Kammer.

Ode Jambo-Trochaica.

Der Mey ist do! Der Mey!
O süsser Jubel-Schrey!
Der Himmel hängkt so tieff alß blau/
die Welt ist wie auß Morgen-Thau.
Aurora kömbt gegangen/
mit Rohsen gantz behangen/
der West lässt ohngesehn
blohß Amber-Lüfftgens wehn!
        Von den Hühten
        nikken Blühten/
alles jubelt/dantzt und springt/
        seit im Walde/
        nach der Halde/
wihderümb der Gukguk singt!

Der Mey ist do! Der Mey!
Nur ich bün nicht darbey!
Kein Qwintgen spühr ich mehr an Krafft/
ich lige welck und Lager-hafft!
Bald werd ich hingerissen/
kein Mäntsch wird von mir wissen/
ein Schatten war ich und ein Schaum/
kaum mehr alß jener Apffel-Baum!
        Durch mein Fenster
        blinckt und glentzt er/
eine Mutter hertzt ihr Kind –
        ich vergehe/
        da ich sehe/
wie die Beyde frölig sind!

ER SPÜHRT IHN KOMMEN.

Ode Jambo-Dactylica.

Frühling/dein Gold-Gezelt
brach durch die Gassen!
Alles/waß Othem helt/
kan sich kaum fassen!

Venus alß Schäffrin worff
die süsse Glihder
draussen gantz fern vom Dorff
in Bluhmen nihder.

Gräsgens und Bürcken stehn
bundt durch-einander/
heymlig und ohngesehn
naht sich Glückander.

Nachlässig hin-gesträkkt
siht er sie lihgen;
ihr Hund die Zunge bläkkt/
kaum käun die Zihgen.

Seinen Arm schlingt er kühn
ihr ümb die Hüfften –
wie ihr die Bakken glühn/
die Veilgens düfften!

Ey/ey/waß dhustu mir?
Nicht doch so derbe!
Waß ist denn daß for Thier?
Ich schrey/ich sterbe!

Endlich so ligt ihm da
lachend und offen/
waß sonst sein Traum blohß sah
gantz ohnverhoffen.

Truncken für Wollust schreyt
daß Lufft-Gefihder/
*Saturn*ens göldne Zeit
kam durchauß wihder!

Vor war ich sälbst so froh/
die Qwällen sprangen/
itzt schon so kombt auff mein Stroh
der Dodt gegangen!

Ich bün so gantz entzwey/
der Lentz lacht Jungen –
Welt/deine Melodey
ist mir verklungen!

ER SPRICHT NOCH
auß dem Grabe.

Qwodlibet.

Ich war/itzt ligt das weit/
der *Flaccus* meiner Zeit.
Ich war ein Mäntsch wie du/
itzt däkkt der Sand mich zu.
Keine Blühmckens blau und blaß
blühn mir mehr ümb den *Parnass*/
nie mehr spihgelt mir ein Born
Frau *Lun*ens sanfftes Silber-Horn/
nie mehr glüzzert durch den Himmel
mir das schöne Stern-Gewimmel!
*Auror*ens Scharlach-Glantz/
der Kindgens Drippel-Dantz/
die gold-bestirnte Wihsen/
auff die die Schäffer blihsen/
Amandgens Rohsen-Kuß/
die Welt *in floribus* –
das ist nun alles hin/
weil ich erkaltet bin!

Du lebst und dir ist wohl/
dir pfeifft noch der Pirol.
Dir ferbt die bunte Au
noch Ambrosiner-Thau.
Du sizzt dich auff den grünen Rahsen
und hörst den sanfften *Zefir* blahsen/
derweil so summbt den Feld-Rain lang
der Bihngens leiser Sommer-Sang!

Ach/daß nicht jede Zeit
der Himmel Rohsen schneyt!
Daß alles/waß entsteht/
flinck wie ein Rauch zergeht!
Bald rändern schwartze Schatten
dir deine blancke Matten/
drauff *Titan* froh bestrahlt
waß kein *Parrhasius* mahlt!
Bald ligstu alt und kranck
auf *Morta*s Folter-Banck/
bald mustu dein zerstükktes Stammeln
in nichts alß Threnen-Krüge sammeln!
Die alte Odlers-Krafft
schwand dir dahin-gerafft/
und war auch alles dein –
zurletzt scharrt man dich ein!
Die Welt-gepreisste Wunder/
wo sind sie nunitzunder?
Sälbst *Salomo*/der Weise/
ward schliesslich Schlangen-Speise!

Horch drümb/waß mein Staub dir spricht:
So vihl Gold hat *Ophir* nicht/
alß in ihrem Munde
die flüchtige Secunde.
O Adame/o Eve/
Vita somnium breve!

ENDE

TABULA CANTICORUM

zu Teutsch Lied-Weiser/das ist Richtiges Verzeichniß aller in dihsem Buche enthaltenen Materien.

HORCH DRÜMB / WASS MEIN
STAUB DIR SPRICHT: SO VIHL
GOLD HAT OPHIR NICHT / ALSS
IN IHREM MUNDE DIE FLÜCH-
TIGE SECUNDE. O ADAME / O
EVE / VITA SOMNIUM BREVE!

Titelkupfer der Originalausgabe

NACHWORT

Von Burkhard Moennighoff

Alles an diesem Buch scheint alt zu sein. Alles an ihm ist neu gemeint. Dies Buch tritt im Gewand einer vergangenen Epoche auf. Aber es enthält keine rückwärtsgerichtet-restaurative Dichtung. Die Sprachwelt des *Dafnis* ist das Medium, mit dem sein Autor der zeitgenössischen Literatur ein Zeugnis ausstellt: zu deren Ungunsten.

Die erste Idee zum *Dafnis* entwickelte Arno Holz gegen Ende des Jahres 1900. Da hatte er sich mit dem *Buch der Zeit. Lieder eines Modernen* und seinen zum Teil zusammen mit Johannes Schlaf verfaßten Dramen bereits einen Namen gemacht. 1898 erscheint die erste Fassung des *Phantasus*, eine Reihe von ungereimten und auf Mittelachse gesetzten Gedichten. 1899 erscheint die programmatische Kampfschrift *Revolution der Lyrik*, eine Absage an Reim, Strophe und konventionelle Versgestaltung, die als verbraucht hingestellt werden. Wenig später beginnt Arno Holz mit den Vorarbeiten zu seiner Literatursatire *Die Blechschmiede*, die sich schließlich in großem Maßstab zu einer Verunglimpfung epigonaler und neutönerischer Dichtung ausweitet. Holz' Schriften der Jahrhundertwende stehen in einem komplementären Verhältnis zueinander. *Die Blechschmiede* erledigt die Literatur, die Arno Holz programmgemäß verwirft, satirisch und parodistisch. Der *Phantasus* erprobt neue literarische Möglichkeiten jenseits der für überholt gehaltenen. Der *Dafnis* erschließt neue literarische Möglichkeiten, indem er sich das vergessene literarische Terrain der Barockliteratur zunutze macht.

Der lesenden Öffentlichkeit der Zeit war diese Literatur völlig unbekannt. Hier wirkte das in der Aufklärung statuierte und von da an bis in das frühe 20. Jahrhundert weitergegebene Verdikt gegen die Dichtung des 17. Jahrhunderts fort, in der man kaum etwas anderes als unnatürlichen Schwulst und ungehörige Galanterie erkannte. Das Kanonbewußtsein der Deutschen reicht um 1900 kaum vor Lessing zurück und ist vor allem von der Kenntnis Goethes und Schillers bestimmt.

Arno Holz hat die Barockliteratur mit viel Aufwand studiert und ihren Reichtum und ihre Vielfalt mit Sorgfalt und Ausdauer durchmessen. Eine erhalten gebliebene, vom Dichter selbst angelegte Titelliste verzeichnet 218 Bücher, die er für seine Recherchen benutzt hat. Dort werden sehr unterschiedliche literarische Begabungen genannt: der Opitz-Nachfolger Andreas Tscherning und der verspielte Sigmund von Birken, außerdem die niedersächsischen Dichter Georg Greflinger, Gabriel Voigtländer und Jacob Schwieger, schließlich Georg Rodolf Weckherlin, der Weltmann, Philipp von Zesen, der Sprachschöpfer, Christian Wernicke, der Satiriker, und Christian Weise, der Pädagoge. Am Ende der Liste steht als Zusatz: »Außerdem alles von Dach – Hofmannswaldau – Opitz – Flemming – Gryphius – Logau und Rist.«

Der *Dafnis* imitiert einen Epochenstil. Die Titelgestaltung, den Buchschmuck, den in dieser Ausgabe nicht reproduzierten Frakturdruck, die Auswahl der Wörter und ihre Schreibung, die Erscheinungen von Sprachenmischung sowie den mythologischen Apparat bezieht Holz aus der Literatur des Barock. Einzelne Wendungen sowie ganze Motivketten und Bilder sind aus den literarischen und emblematischen Schatzkammern des 17. Jahrhunderts gezogen. Die aufzählenden Reihungen von Wörtern und die bildhaften Beschreibungen von Körperteilen finden sich im *Dafnis* so selbstverständlich wie in den Lyrica des Barock.

Dennoch ist der *Dafnis* weder Summe noch Abbild barocker Vielfalt. Er ist ein höchst eigenwilliges Pastiche, wie es in der deutschen Literatur nur wenige gibt. Die Imitation des Barock verfährt im *Dafnis* auf hohem Niveau, aber sie ist nicht perfekt, will nicht perfekt sein. Sie vollzieht sich mit einem Lächeln. Der mannigfache Gebrauch von Diminutiven gleicht mehr dem Rokoko als dem Barock. Die »Nohtwendige Erklärung der tunckْlen Oerter« enthält labyrinthische Verwirrspiele und komische Fingerzeige; in ihnen ist Arno Holz nicht als Imitator, sondern als Parodist am Werke. Allerlei Reimpaarungen müssen als Eigenwilligkeiten von Arno Holz gelten, sind jedenfalls im Barock nicht verbürgt.

Schließlich sind es aber der Schäfer Dafnis und die Antithesen seines Lebens, die dem Buch den Anstrich des Barocken verleihen. Dafnis ist Student der Theologie. Er führt ein rechtes Burschenleben, führt es in Saus und Braus, vor allem zwei Sinnenfreuden herzlich zugetan. Die eine Freude ist die des Magens. Dafnis genießt Rührei und Goldfasan, Pfifferlinge und Lamm, Krebse und Kaviar, Leberwurst und Gänseschmalz, Pflaumenmus und Gurken. Er trinkt gewürzten Wein, Bier und Aquavit. Die andere Freude ist die des Herzens. Dafnis will entflammt sein. Sein Liebesleben ist stürmisch und voller Sinnlichkeit. Er sagt von sich: »Ich bün ein Jungffern-Jäger/ich bün ein Venus-Sohn«. Es sind nicht wenige Damen, die von Dafnis besungen werden: Amouretten, Filorindgen, Brunette, Sußchen, Mechtildgen, Margrittgen, Ambrette, Panompfe, Lisimindgen, Rosillgen, Berillgen, Drusillgen, Lorchen, Doris, Tringen, Klarimindgen, Dorimene, Florinde – die Reihe müßte weitergeführt werden, soll sie vollständig sein.

Dafnis hat einen großen Widersacher. Ohne ihn wäre er eine reine Triebnatur. Sein Leben wäre ein leichtfertiges Wechselspiel zwischen amourösen Abenteuern, er selbst ein vitaler Kraftmensch, wie ihn die naturalistische Dichtung hervorgebracht hat. So aber ist sein Leben ein Ernstnehmen seiner gegenwärtig gegebenen und durch nichts einzuschränkenden eigenen Kraft, die sich erst im Widerspiel mit einer Gegenkraft zu entfalten vermag. Dieser Widersacher ist der Tod. Er ist kein Mysterium und auch kein grinsendes Scheusal, eher ein Störenfried, der sich stets zu behaupten weiß. Am Ende scheidet Dafnis hin. In seiner letzten Rede spricht er, nachdem er es doch noch zu einem verdienstvollen Leben als Pfarrer gebracht hatte, aus dem Grab.

Von der Antithese, die zwischen Leben und Tod besteht, weiß die Literatur des Barockzeitalters viel zu sagen. Wie von Antithesen überhaupt: von schwärmerisch-religiöser Hingabe und intellektueller Strenge, von harmonischer Idylle und rauschhaftem Wahn, von Ausschweifung und Zügelung, von Pathos und Einfachheit. Davon vermittelt der *Dafnis* nur einen Bruchteil. Der *Dafnis* ist das Porträt einer Figur, nicht das einer Epoche. Wie ja überhaupt gesagt werden muß, daß diese Dichtung den Reichtum an Gattungen, Sprechhaltungen und Stilformen, der die Literatur des Barock kennzeichnet, nicht ausschöpfen will.

Vor allem ist der *Dafnis* ein Sprachkunstwerk. Die Phantasie, die dieses Buch hervorgebracht hat, greift auf einen weiten Fundus alter und fremder Wörter zurück, die wie Neuschöpfungen gebraucht werden. Und sie kombiniert sie, häufig in kühnen Zusammenstellungen. Und sie sucht den überraschenden Reim: Prä – Doktor Rabelais; Damöte – Opitz-Flöte; Reveräntzgen – Schwäntzgen; stripp strapp strull – Tibull; subtil – Lihbes-Spihl; Gesprudel – Verß-Getudel. Der *Dafnis* schüttet vor seinen Lesern ein klingendes Füllhorn aus. Diese

Feier des Reims ist kein literarischer Wortbruch gegen seine Verhöhnung in der *Revolution der Lyrik*, denn auch im *Dafnis* manifestiert sich die Energie der Streitschrift, wenngleich nur unterschwellig und für den heutigen Leser vielleicht erst mit Seitenblick auf die *Blechschmiede* sichtbar. In der großen Literatursatire treten zeitgenössische Dichter auf und wetteifern miteinander um Rang und Ehre, vor allem Symbolisten und Neoromantiker vom Schlage Stefan Georges, Max Dauthendeys und Richard Dehmels. Doch die Kunst, die sie im Sängerwettstreit zur Geltung bringen, wird parodiert – nicht nur aufgrund der literarischen Unbeholfenheit oder epigonalen Kraftlosigkeit, mit denen Arno Holz diese Dichter in Erscheinung treten läßt, sondern auch durch den Schäfer Dafnis, der ebenfalls in der *Blechschmiede* zu Wort kommt. Mit seiner kräftigen Versrede und seiner derben Sicht der Dinge hebt er sich von den Mitgliedern seiner Zunft mit der Wirkung ab, daß ihrer Kunst durch seinen Gegengesang Nichtswürdigkeit zugewiesen wird. In demselben Verhältnis, in dem in der *Blechschmiede* die Figur Dafnis zu ihren Dichterkollegen steht, steht der Text *Dafnis* zu zeitgenössischen Dichtungen. Insofern stellt der *Dafnis* einen in der deutschen Literatur außergewöhnlichen Fall vor. Er ist eine Dichtung, deren Komik nicht vom Humor, sondern vom Witz und von der Kritik regiert wird.

GLOSSAR

Die Verständnisschwierigkeiten, die der Text bietet, lösen sich oft schon beim lauten Lesen auf. Bei den orthografischen Besonderheiten ist darauf zu achten, daß Konsonantenhäufungen in vielen Fällen als stumm zu gelten haben (z. B. gleichsamb) und Konsonantendoppelungen nicht unbedingt Kürze markieren (z. B. höfflich = höflich). Zwei Wörter können zu einem kontrahiert (z. B. othmestu = atmest du), bestimmte Laute ausgetauscht werden (z. B. dagdäglich = tagtäglich; thumm = dumm; hipffen = hüpfen; Mäntsch = Mensch; prawe = brave).

Das Verständnis von fraglichen Sachverhalten (insbesondere von mythologischen) erschließt sich gutenteils aus der »Nohtwendigen Erklärung der tuncklen Oerter«, das von heute unbekannten oder mit anderer Bedeutung auftretenden Wörtern in den meisten Fällen aus dem Satzzusammenhang. In anderen Fällen mag das nachstehende Glossar helfen.

Adamant *Diamant*
als *als ob, wie, als*
anhero *bis heute*
annoch *noch*
bescheiden *verständig, maßvoll*
Beutelschneider *Taschendieb, Betrüger*
Bisam *begehrter Duftstoff*
Blind-Worm *Käfermade*
blöde *schüchtern*
Bolbier *Bartscherer*
brauchen, sich brauchen *gebrauchen*
Broihan *Weißbier*
Bubelirer *lasterhafter Mann*

Carcasse *Brandkugel*
Cardaun, Karthaun *schweres Geschütz*
Carrete *kleine Kutsche*
dahlen *tändeln, sich albern benehmen*
dann *denn, als, dann*
dannen, dannenhero *daher, deshalb*
denn *dann, als, denn*
deto *jetzt*
Dilldappel *Dummkopf*
Dokk *Puppe*
Eitelkeit *Nichtigkeit*
farbriren *färben*
feist *fett*
fünfftehalb *vier und einhalb*
Fünffzehn-Hut *ein dummer Mensch*
für; für-/Für- *als, anstatt, vor, wegen; vor-/Vor-*
Galaune *Borte*
gassiren *auf den Gassen ohne Geschäfte herumgehen, besonders des Nachts*
Gebrest *Gebrechen*
gelieben (nur in der 3. Person) *erlauben, wollen*
geneunt *neun zählend*
Grieß *Blasenweh*
grillisiren *sich mühsame Gedanken und Vorstellungen ohne [Nutzen machen*
Hifft-Horn *Jagdhorn*
kapaunt *kastriert*
Karäßgen, Carasse *Liebkosung*
kranck *schwach*
Krencke *Schwäche, Krankheit*
Krippen-Sözzer, *Krippenbeißer; ein Pferd, das beim Fressen in [den Trog beißt*
Krözzer *Schwächling*
lager-hafft *bettlägerig*
Marmol *Marmor*
Mängeklumpff *großer Erdklumpen*

Mükken-Seiger *übelwollender Kleinigkeitskrämer*
nächst, nechst *neulich, jüngst*
Ode *Lied*
ohn- *un-*
perstringiren *tadeln, streiten*
pflag *pflegte*
Posament *wertvolle Borte*
Püppel-Mutter *Hebamme*
prikk *wohlgenährt*
rauch *rauh*
Rosenobel *frühere englische Goldmünze*
Schellendaus *scherzhafte Bezeichnung für einen Spieler*
Schnapp-Hahn *Straßenräuber*
Schrauberey *Neckerei*
sonder *ohne*
sordan, sothan *solch, dergestalt*
spakk *dürr*
strehlen *kämmen*
Struntzel *verächtliche Bezeichnung für eine Frau*
Tapp-ins-Muhß *grober Mensch*
Träber *Abfall, Schweinefutter*
verneuern *erneuern*
Vor-/vor-, vor *Für-/für-, für; ehedem, vordem*
Wämbstrichin *Wampe*
wann *wenn*
was *etwas*
weil *solange, während, weil*
welsch *italienisch, französisch; romanisch*
wo *irgendwo; wenn*
Zähre *Träne*
zeuchen *ziehen*
Zizz-Kattuhn *ein Baumwollgewebe*
zween, zwihr, zwo *zwei*
Zwilch *Flachsgewebe*

Des berühmbten Schäffers
DAFNIS
sälbst verfärtigte
Sämbtliche
FRESS- SAUFF- & VENUS-
LIEDER
benebst angehänckten
Auffrichtigen und Reue mühtigen
BUSS-TRÄNEN

Von ARNO HOLZ
(26. April 1863 Restenburg – 26. Oktober 1929 Berlin)

Erschienen zuerst 1904
in München
(die Titelseite verzeichnet
Konstantinopel & Neuwied)

Diese Ausgabe
folgt der zweiten Neuausgabe von 1924,
wobei die Fraktur durch eine Antiqua ersetzt wurde;
die vormals in Antiqua gesetzten Sätze und Wörter
sind hier *kursiv* wiedergegeben,
g e s p e r r t e erscheinen in KAPITÄLCHEN.

Nachwort und Glossar von Burkhard Moennighoff
wurden eigens für diese Neuedition
verfaßt.